낭만자객의
유럽 100배 질리기

이 여행기는 실화 입니다.

Hi!

하느님.

부모님.

이 책이 나오게 만들어준 박진희 공주님.

책을 예쁘게 꾸며준 지희씨.

소희 누나. 윤정. 보경.

NO.1 여행매니아 회원들.

책 나오면 절판 운동 벌인다는 친구들.

언제 생길지 모르는 여자친구.

5년 후에 태어날지 모르는 아기.

고맙습니다.

Contents

Prologue

찬란한 햇살이 지면을 비추고
뜨거운 열기가 내 몸의 육수를 뽑아내며
녹음이 짙게 베인 잔디를 구하기 위해 잡초와 싸우고
있던 2004년 여름.
난, 그 이름도 찬란한 육군 말년 병장 이었다.
2년 1개월간(군 생활 1개월 줄었다.)의 길고도 짧은
군 생활을 무사히 마치고 제대 하자 마자 계획 한 것
은 바로…

유럽배낭여행

영어실력은 중학교 영어 교과서 Part 6. 수준에서
정지 상태였고, 혼자 2개월 동안 떠나는 여행이라서
두려움도 있었지만 24년 동안 살아오면서 너무나도
갈망하던 여행이었기에 두려움 따위는 쉽게 극복할
수 있었다.

유비무환〈有備無患〉 정신이 투철하고
초등학교 4학년 때는 오락 부장을 역임했으며
초등학교 6학년 때는 반 인기 투표에서 2등을 했던
내가 철두철미하게 계획한 유럽 여행의 일정은…

"엄서요~~~~~~~~!!!!"

런던으로 입국했다가 프랑스에서 출국하는 것 외의
계획은 전혀 없었다.
2개월용 '유레일패스'를 끊었던 이유도
계획에 얽매이지 않고
내 발길 가는 곳으로
내 마음이 끌리는 때에 움직이길 원했기 때문이었다.

아~ 이 얼마나 낭만적이고도 자유로워 보이는가?

그래서 남들은 나를 이렇게 부른다.

낭만을 찾아
만리를 떠나는
자유로운 영혼을 가진
객기의 결정체

그 이름도 찬란한 **낭만자객**

그럼 이제부터, 낭만자객의 좌충우돌 여행이야기를
시작하려고 한다.

자~ 그럼 이제 모두 낭만자객의 여행에~

따 ~ 라~~ 와~~~ 앙

유럽과 맞짱 뜨러 가다

아~통!

아~통!

아~통!

아~통!

'아~ **둥**근 해가 떴습니다. 자리에서 일어나서.'

보통 새벽까지 놀면 오후 늦게까지 쳐 자고 있었을 나였지만
오늘만큼은 그렇게 하지 못한다.
왜냐?
그건 오늘이 바로 유럽(Europe)으로 떠나는 날이기 때문이다.
예전에 어느 책에서 읽은 구절 하나를 잊지 못하고 있었다.

「가슴 속에 만 권의 책이 있고, 눈으로 앞 시대의 진기한 명작을 실컷 보며
수레바퀴 자국과 말 발자국이 천하의 반은 되어야 바야흐로 붓을 댈 수 있다.」

가슴 속에 만 권의 책은 일단 Pass 하더라도 앞 시대의 진귀한 명작을 보고
발자국이라도 강산의 반을 채우자는 욕심에 내 첫 배낭 여행지로 유럽을 택한
것이었다.

미리 쌓아 두었던 짐을 다시 한번 풀어서 빠진 것이 없나 확인해 보고
카메라에 들어있는 메미니로 충전기에 충전하여 초록색 램프가 켜져 있는 배터
리로 교체했다. 그리고 가장 중요한, 유럽에서 쓸 현금과 신용카드(직불 카드와
신용카드) 그리고 여권은 복대 안에 깊숙이 집어 넣었다.
그리고 나자 입에서는 짧은 한 마디가 흘러 나왔다.

"Perfect~"

거울에 비친, 자신감에 가득 차 있는 내 얼굴을 보자 엄지 손가락은 자의식을 가진 듯 하늘로 치켜 올라가 있었다.

시계를 보니 바늘이 가리키고 있는 시간은 오전 11시.
비행기 탑승 시간은 오후 5시 30분. 아직 여유는 있었다.

가족들이 전부 따로 살아서 배웅하는 이 하나 없이 혼자 먼 길을 떠나는 내가 불쌍하다며 밥을 사준다는 친구가 있어서, 태어나서 먹을 것을 한 번도 거절해 본 적이 없는 나는 친구와의 약속 장소로 이동했다.

친구(女)가 사준 음식은 **샤브샤브.**

솔직히 샤브샤브는 평소 자주 먹는 음식도 아니고, 썩 좋아하는 메뉴도 아니었다.

하지만 나중에 유럽에서는 이 날 먹었던 샤브샤브가 훈련소 들어가기 전에 먹었던 콜라처럼, 왜 그렇게 생각이 나던지…

어쨋든 밥 사줘서 고마운 친구에게 다른 건 해 줄게 없고 해서 유럽 여행의 첫 발자국인, 첫 사진을 친구의 사진으로 해주겠다고 했다.

수줍음이 많은 친구.

카메라 앞에서 고개를 45도 각도로 틀더니, 눈을 있는 힘껏 치켜 뜨며 V자를 그린다.

'나름 얼짱각도'

순간 카메라로 친구를 때릴 뻔했다.

하지만 산지 2주일 밖에 안 된 카메라였기에 마음 속의 뜨거운 피를 잠재우고 냉정을 찾을수 밖에 없었다.

그런데 이 때, 문제가 하나 발생했다.

친구의 사진을 찍어주려고 하는데 카메라가 켜지지 않는 것이다

분명 전원 스위치는 ON으로 되어있다.

‘혹시 배터리가 문제?’

배터리는 충전기의 초록색 램프가 들어온 걸 확인하고 집어 넣은 배터리였다.

혹시나 잘못 넣었나 싶어서 배터리를 뺏다가 플러스, 마이너스를 확인하고

다시 집어 넣어 보았으나 결과는 마찬가지였다.

‘설마 카메라 자체가 고장?’

만약 그렇다면 유럽여행을 포기하고 일본에 있는 니콘 카메라 본점에 가서 폭탄

테러를 할 생각이었다. 구입한지 2주 밖에 안된 카메라였기 때문이었다.

카메라를 샅샅이 만져 보았으나 원인은 쉽게 밝혀지지 않았다. 당황스러웠다.

이런 나를 옆에서 지켜보던 친구가 침착하게 말했다.

"혹시 충전이 제대로 안 된 거 아니야?"

몇 번을 말하지만, 분명 충전기의 초록색 램프를 확인하고 집어 넣은 배터리였

다. 그래도 혹시나 하는 마음에, 카메라에 들어있던 배터리로 교체를 해 보았다.

‘전원이 켜진다.’

다행히도 카메라 자체는 고장 나지 않았다.

친구의 말대로 충전이 제대로 안 되었던 것 같았다.

니콘 카메라 사장이 가슴을 쓸어내리는 순간이었다.

그러나 다행중 불행히도 교체한 배터리는 한 칸 밖에 남아 있지 않은 상태.

사진 몇 장 찍으면 금방 수명을 다할게 분명 했다.

'제길~ 퍼펙트 맨인 내가 이런 하찮은 실수를 하다니'

스스로를 원망했지만 어차피 이미 지나 버린 일.

마인드 콘트롤로 마음을 다스리고

인천공항으로 가기 위해서 공항 버스 정류장으로 발걸음을 옮겼다.

공항 버스 정류장

공항 버스에 올라타는 내게 친구가 말했다

"조심히 잘 갔다 와. 여행가서는 한국에서처럼 객기 부리지 말고."

나는 친구의 말에 미소로 답했고, 친구는 사라지는 버스를 향해서 손을 흔들었다.

'친구 〈親舊〉'

듣기만해도 가슴 뭉클한 단어.

친구는 가까이 있을 때 그 소중함을 못 느끼지만, 멀리 떨어져있게 되면 소중함을 깨닫게 되는 존재다.

여행을 하는 동안 그리워질지 모를 그들에게 전화 한 통씩 날렸다.

친구 1

"유럽? 뻥 까고 있네. 너 또 강원도 가지? 두 달 동안 숨어있다가 나타나서 유럽 갔다 왔다고 구라칠 생각이지? 사진은 분명히 이태원 가서 외국인이랑 찍고… 어쩌구… 저쩌구…"

뒷 말은 듣고 싶지도 않았다.

"너 혹시 암스테르담 가냐? 거기 가면 마리화나 꼭
해라~ 네덜란드는 마약이 합법이거든 그리고 있잖
아… 너 한국 돌아올 때 몰래 가지고 들어와라. 그래서
여기서 팔자. 그럼 우리 때 돈 버는…
어쩌구 저쩌구…"

뒷 말은 듣고 싶지도 않았다.

"너 유럽 갔다가 한국 들어 오지 마라.
그게 애국하는 거야. 부탁한다. 어쩌구 저쩌구…"

이런 십팔… 센치미터 같은 넘들.

친구들은 휴대폰을 창 밖으로 던지고 싶은 충동을
솟구치게 만들었다. 하지만 휴대폰도 산지 2주 밖에
되지 않았기에 냉정을 찾을 수 밖에 없었다.

역시, 가족뿐이었다.
막내 아들이 지구 반 바퀴를 돌아야 있는 유럽에 간다
고 해도, 각자 레크레이션 활동에 바빠서 배웅하길
꺼려했던 가족. 그래도 옛 말에 평생 자기 편이 돼 줄
사람은 가족 밖에 없다는 말이 있지 않은가!

가족들에게 전화를 한 통씩 날렸다.

터프한 피터

"잘 갔다 오고, 자세한 건 전화하지 말고 메일로 보내도록… 이상!"
"…"

현실적인 마터

"너 유럽에 휴대폰 가져 가는 거야? 거기가 물가가 얼마나 비싼데 가져가? 여하튼 잘 갔다 오고 요새 휴대폰 요금 비싸니까 빨리 끊어. 뚝!"
"…"

이기적인 형

"선물 사오는 거 잊지 말아라. 뚝!"
"…"

옛말(?)에 이런 말도 있다.

인생은 독고다이다.

공항 버스는 차 한 대 보이지 않는 인천공항고속도로를 빠르게 질주하고 있었다.

인천공항에 도착한 나는 보딩 티켓을 끊고
출국게이트를 확인해보았다.
내가 타고 갈 비행기는 '타이항공'.
이 비행기는 타이페이와 방콕을 경유해서
런던에 도착한다.
세 번을 갈아타야 하는 이 비행기를 선택
한 이유는 역시나 싼 가격 때문이었다.
세금 포함 왕복 73만원(2004년기준)

출발 시간까지는 1시간 가량 남아있었다.
대기실에서 출국 시간을 기다리고 있는데
타이항공 스튜어디스들도 이륙 준비를 하
기 위해 대기실 의자에 앉아 있었다.
그것도 바로 내 앞에…

책을 꺼내 읽었다. 여자들에게 관심없는 내가 유식해 보이려고 책을 가지고 온
것은 절대로 아니었다. 단지 심심할 때 읽으려고 가지고 온 것 뿐이었다.
· 얼마나 잤을까?
글자만 보면 선천성 만성피로가 온 몸을 지배하는 나는 비행기에 탑승하라는
안내 방송 소리에 잠에서 깨었다.

보딩 티켓과 여권을 확인 받고 비행기에 올라탔다.
자리는 창가 쪽!
짐은 머리 위에 있는 보관함에 올리고 자리에 앉았다.

타이페이까지 비행 시간은 4시간.

내 옆에 나와 같은 배낭여행객이 타길 원했다. 여자들에게 관심없는 내가 옆에
여자가 앉길 바란것은 절대로 아니었다. 그저 같은 여행객과 이야기를 주고 받
으면 시간이 금방 가기 때문이었다.

얼굴에 참기름 두 통을 쳐바른 홍콩아저씨가 앉는다.

가지고 온 헤드폰으로 귀를 덮어서 옆 사람과의 대화를 원초적으로 차단했다.

"지금 시각은 9월 19일 17시30분입니다. 도착 시간은 한국 시간으로…
어쩌구 저쩌구."

비행기는 한국인 스튜어디스의 안내 방송이 나오고 나서 활주로를 질주하더니
하늘로 비상했다.

떠난다.
어디로 떠나는 건 중요하지 않다.
내겐 떠나는 자체가 중요하다.

닫혀있던 윈도우 도어를 올렸다.
그리고 몸을 창에 밀착시키고 창밖을 바라보았다.
창 밖에는 인천의 광경이 펼쳐져 있었다.
하늘에서 바라본 인천은 그야말로…

비행기 날개

내 좌석은 비행기 날개 바로 옆 이었다
슬그머니 윈도우 도어를 내리고 CD플레이어 볼륨을 높였다.

내가 만나게 될 유럽의 첫 도시는 **런던**이었다.
신사의 도시라는 호칭을 부여 받은 곳인 만큼 내가 런던을 가보지 않는 것은
개가 밥을 먹지 않는 것과 같았다.
비행기 안에서 읽으려고 산 가이드 북을 꺼냈다. 빽빽한 글씨. 런던 편을 읽기
도 전에 만성피로가 또 다시 찾아왔다.

얼마나 잤을까?

눈을 뜨자, 비행기는 타이페이 공항에 착륙할 준비를 하고 있었다.

앞서 말한 대로 비행 일정은 타이페이 공항에서 3시간 정도 머물렀다가 방콕행 비행기로 갈아타는 것이었고, 방콕 공항에 도착해서는 런던 히드로 공항으로 가는 비행기를 타기 위해 4시간 넘게 대기실에서 기다려야 한다.

비행기를 타고 있는 시간과 대기실에서 대기하고 있는 시간을 합치면…

총 23시간.

괜찮아…괜찮어…괜찮어…괴찮어…귀찮어…

"열라 귀찮어!!!"

잠 자다가 일어나서 오줌누고, 기내 식사 하고나서 가이드 북을 넘겨보다 다시 잠든다. 이런 순환 패턴을 3~4번 반복하다 보니 비행기는 어느새 런던 상공 위를 날아가고 있었다.

흥분된 마음에 잠 자려고 닫아두었던 윈도우 도어를 올렸다.

그러자 런던의 광경이 눈앞에 펼쳐졌다.

하늘 위에서 바라본 런던의 광경은 그야말로…

비행기 날개였다.

런던 히드로 공항에 착륙할 준비를 하라는 안내 방송이 나왔다.
물론 영어로-.-;;

"이 비행기는 곧 런던 히드로 공항에 착륙합니다. 승객 여러분은 안전벨
트를 착용하십시오. 지금은 9월 20일 오전7시… 감사합니다."

대충 이런 말을 하지 않았을까 하는 짐작을 하고 안전 벨트를 배에 둘렀다.
그리고 잠시 뒤, 비행기는 활주로에 바퀴를 내려 얼음판 미끄러지듯이 내
달렸다.

드디어 본격적인 여행이 시작 되었다.

두려움 때문일까?
설레임 때문일까?

심장이 널뛰기 시작했다

런던에게 선빵 맞다.

입국 심사가 까다롭기로 유명한 곳이라는 것은 한국에서 이미 알고 있었다.

유비무환 정신이 투철하기로 정평이 나있는 나.

이미 이 까다로운 입국심사에 대비한 상태였다.

입국심사 질문은 대략 세가지

첫번째 퀘스천 (체류기간에 관하여...)

Q : How Long Do You Stay Here?

A : About Four Days.

두번째 퀘스천 (여행 목적에 관하여...)

Q : What Is The Purpose?

A : Just Traveling.

세번째 퀘스천 (어디에서 체류할건지에 관하여...)

Q : Where Do You Stay?

A : 공식 호스텔이름 아무거나.

사실 나는 한국에서 떠나기 전에 이미 한인 민박을 예약 하고 들어온 상태였기 때문에 런던에 있는 공식호스텔에 묵을 생각이 전혀 없었다. 하지만 가이드 북을 읽어 보니, 공항 직원이 어디서 묵냐고 물었을 때 한인 민박 이름을 대면 입국 거부를 당할 수도 있다고 쓰여져 있었다. 그 이유는 한인 민박 대부분이 불법으로 영업을 하는 곳이기 때문이었다. 평소에 진실된 삶을 추구하는 나로서는 이런 거짓말이 참으로 어려운 일이었지만, 도착 하자마자 비행기타고 고국으로 돌아갈 순 없지 않은가!

외국인 입국 라인에 서서 내 입국 심사 차례를 기다렸다.
내 앞에는 친구끼리 여행 온 것 같은 한국인 여자애 두 명이 서 있었다.
그녀들은 이 까다로운 런던 입국 심사를 무사히 통과할지에 대해 긴장하는 듯 보였다.

긴장은 불안에서 오고, 불안은 무지에서 오는 법.
그러게 나처럼 준비를 완벽하게 하고 왔어야지.

"쿠하하하하하하하하하~"

그녀 둘. 공항 직원에게 방긋 웃으며 태연히 입국 심사대를 통과한다.

다음은 내 차례, 여권을 공항 직원에게 내밀었다.
'콩닥콩닥'

어떤 순간에도 침착함을 유지하던 심장이 가슴 밖으로 터져 나올 것 같았다.
이런 경험이 처음인 나는 당황스러웠다. 공항 직원은 이런 나의 상태를 신경 쓰지도 않은 채 곧 바로 질문을 던졌다.

"What Is Purpose In London?"

다짜고짜 "왜 왔냐?"고 묻는 싸가지 없는 공항 직원.
게다가 공항 직원은 치사하게 첫 번째 질문을 생략하고, 두 번째 질문을 바로 날렸다. 머리 속이 복잡해졌다. 왜 왔냐고 묻는 공항 직원에게 FOUR DAYS(4일)라고 답할 뻔했다.
당황의 연속.
하지만 내가 누구더냐?
5드론 저글링 러쉬를 일꾼만으로도 가뿐히 막아내는 무적테란 아니던가!

"Traveling"

침착하게 질문에 답했다. 그러자 그는 곧바로 세 번째 질문(어디에서 머무냐?)으로 날 공격했다.

자신만만하게 비행기 안에서 외워두었던 호스텔 이름을 말했다

"Pass~통과"

아니! 뭐 이런 거 하나 어렵다고 사람들은 그렇게 걱정들을 하는지…
그냥 **대~충** 두 마디 해주면 통과 되는 거~

재수없어 숙소로 가기 위해서는 일단 지하철을 타고 가야 했다.
민박집으로 가는 지하철 노선과 약도를 미리 프린트해서 뽑아온 나.
내게 '여행천재' 라는 호칭이 괜히 붙여진 게 아니었다.

내가 알기로 지하철은 잉글리쉬로 Tube or Subway.
주위를 둘러 보았지만 히드로 공항 어디에도 이 단어들은 눈에 띄지 않았다.
그렇게 한참을 두리번 거리고 있는데 열차 마크가 눈에 들어왔다.
그 열차 마크 밑에 쓰여져 있는 글씨는 잉글리쉬로 Express.

익스프레스 표시를 따라 발걸음을 옮기다 보니 익스프레스 매표소가 나타났고
그 곳에는 청색 철도청 정복을 입은 금발의 아주머니가 앉아 있었다.

모 생리대 CF처럼 당당하고 자신있는 걸음으로 그녀에게 다가가서 민박집에서
가장 가까운 지하철역이 적힌 쪽지를 그녀에게 보여 주었다.

"하우(how)~~~~~~~~~~~??"

너무도 간결한 나의 질문.

그러자 그녀는 내가 건넨 쪽지를 조심스럽게 쳐다보더니 말했다.

"@#$#%@#$%$#"

그녀의 입에서 나오는 언어는 분명 외계어가 아닌 영어였다.

하지만 나는 그녀의 영어를 전혀 알아들을 수가 없었다.

그녀의 영어를 중학교 때 성문기초영문법에서 얼핏 본 '주어, 동사, 목적어'
순으로 해석해 보려고 했으나 한 문장을 해석하고 있을 때쯤 그녀는 이미 다른
이야기를 하고 있었다.

초등학교 4학년 때 반에서 1등도 했었던 내가 그녀의 영어에 나몰라 패밀리의 산체스처럼 'What'만 외쳐대고 있을 뿐이었다.

그제서야 그녀는 내가 자신의 말을 전혀 못 알아듣는 걸 알았는지 손가락으로 어느 한 곳을 가리켰다. 그녀가 손가락으로 가리킨 곳. 그 곳에는 한국의 지하철역에 있는 지하철표 무인 자판기처럼 생긴 기계가 있었다.

센스 하나는 타고난 나는 자동 판매기에서 티켓을 뽑으라는 그녀의 의도를 바로 알아챘다

"쌩유"

그녀에게 짤막하게 고마움을 표시하고 판매기 앞으로 다가갔다. 그런데 그녀.

내가 판매기 쪽으로 가까이 다가가면 갈수록 계속 뭐라고 한다.

친절하게 기계 작동법을 얘기해주는 것 같았지만 난 그녀의 말을 정확히 알아들을 수가 없었기에… 그냥 **천만불짜리 미소**로 대꾸해 주었다.

안녕? 난 낭만자객이라고해~안녕? 난 낭만자객이라고해~안녕? 난 낭만자객이라고해~안녕? 난 낭만자객이라고해~안녕? 난 낭만자객이라고해~안녕? 난 낭만자객이라고해~안녕? 난 낭만자객이라고해~안녕? 난 낭만자객이라고해~안녕? 난 낭만자객이라고해~안녕? 난 낭만자객이라고해~안녕? 난 낭만자객이라고해~안녕? 난 낭만자객이라고해~안녕? 난 낭만자객이라고해~안녕? 난 낭만자객이라고해~안녕? 난 낭만자객이라고해~

버튼이 너무 많다. 숙소가 있는 지하철역을 가려면 도대체 얼마를 넣어야 되는 것인지 알 수가 없었다. 이것저것 버튼을 막 눌러봤지만 소용이 없었다.

어떻게 해야할지 몰라서 뒤를 돌아보니, 다행히도 바로 뒤에 런던 신사 같은 이미지의 영국 남자가 서있었다. 그에게 어떻게 해야 되는지 모르겠다는 제스처를 취하자 런던 신사는 본인의 이미지답게 친절한 미소를 지으며 직접 판매기 버튼을 눌러서 표를 끊어주었다.

14파운드…

'헐~'

한국 돈으로 3만원 가까이 되는 돈이었다.

'하루 숙박비가 15파운드인데 지하철 요금이 14파운드라'

런던의 교통비가 비싸다는 것은 알고 있었지만 이 정도로 비싼 줄은 몰랐다.

이상하긴 했지만 별 다른 수가 없었기에 14파운드를 판매기 속에 집어 넣고 표를 뽑았다. 그리고 나서 런던 신사에게 짧게 고마움을 표시하고, 승강장으로 들어갔다.

열차에 올라탄 나는 고급스러워 보이는 실내에 놀랐다. 런던을 다녀온 여행객들이 인터넷에 올린 사진에서 봤던 좁아 보이고, 다소 촌스러워 보이던 지하철 모습과는 달리 너무나도 깨끗하고 넓어 보였다.

마치, KTX가 지하철로 다닌다는 느낌?

내부 사진을 찍고 싶었지만, 출발할 때 한 칸 남아 있던 배터리가 이제는 깜벅
거리고 있었기에 사진 찍는 건 단념하고, 창가에 스치는 런던을 바라보았다.

그런데 한 정거장이 꽤 길다.
열차는 엄청나게 빠른 속도로 이동하는데도 15분 동안 한 정거장에서도 멈추질
않았다. 게다가 한 번도 지하로 들어가지 않는 열차.

'뭔가 이상하다.'

불안과 긴장이 나를 옭아메던 그 순간
열차가 20분 만에 첫 번째 정류장에 정차했다.
무작정 내렸다. 플랫폼에 철도청 정복을 입은 남자가 서 있는 게 보였다.
그에게 다가가 14파운드짜리 지하철 표를 보여주면서 숙소가 있는 역 이름을
말했다.

내 티켓을 보는 철도청 직원.
잠시 뒤 나를 어이없어 하는 눈빛으로 쳐다보는 철도청 직원.
"너 이거 왜 샀니?"

쿡 궁…

머리 속에서는 5분 동안 쉬지 않고 나올 만한 문장을
만들었지만, 입에선 오직 짧은 문장만 흘러나왔다.
"아이 돈 노우"
그것도 길 잃은 어린 아이 같은 표정으로…
철도청 직원은 내 불쌍한 표정이 부담스러웠는지
나보고 지하철로 가라고 한다.
'그럼 내가 탄 게 지하철이 아니야?'
내 영어실력으로는 이런 문장을 만들 수가 없었기에
방금 전 내가 타고 왔던 열차를 가리켰다.
그러자 철도청 직원은 고개를 젓더니 내가 가리킨 곳
의 정반대 방향을 손으로 가리켰다. 그가 가리킨 방향
에는 천왕성 모양의 마크(MARK)가 있었고, 천왕성
의 띠 부분에는 UNDERGROUND라고 쓰여져 있었
다. 그제서야 나는 런던에서는 지하철이………
UNDERGROUND라는 것을 알게 되었다.
난 UNDERGROUND가 **지하도**인 줄 알았다.

지하철 표의 가격은 2파운드.
나는 무려 7배를 넘게 주고 표를 산 것이다.
내가 타고 온 EXPRESS는 정말로 고속열차.
서 울역에서 영등포까지 가는데 KTX를 타고 간

것이나 마찬가지였다.
'훗~ 이것이 바로 **문화체험**' ······················
같은 소리하면 입을 5cm정도 찢어 귀에…

기계에 가까이 다가갈수록 알아들을 수 없는 영어로
쉴새 없이 떠들어 대던 아주머니.
그녀는 분명 나에게 익스프레스를 타지 말고 지하철을
타라고 했던 것이었는데 나는 그런 그녀의 말을 알아
듣지 못하고, 그녀에게 썩은 미소만 날려 준 것이었다.
그리고 썩은 미소를 지으며 14파운드 짜리 티켓을
내게 끊어준 런던 거렁뱅이.
그는 친절한 미소로, 순진한 나를 꼬드겨 자국의 관광
사업에 이바지했다며 지금쯤 어디에선가 웃고 있을
것이 분명했다.
나는신께 기도했다.

'제발 한 번만! 제발 한 번만! 그를 다시 만나게 해주
세요. 해코지는 안 할게요. 그냥 코에다가 암바사를
붓고 싶어서 그래요.'

유비무환 정신이 투철하고, 센스 하나는 타고났으며
5드론 저글링 러쉬를 일꾼으로 가볍게 막고
초등학교 4학년 때 1등도 했던 내가
런던에 도착한지 단 1시간 만에 한국이 그리워졌다.
달려오는 지하철에 뛰어들어 〈박하사탕〉의 설경구처
럼 외치고 싶었다.

“나 다시 돌아갈래~~” “나 다시 돌아갈래~~” “나 다시 돌아갈래~~” “나 다시 돌아갈래~~”

그러나 이건 **서막**에 불과했다.

건던 **100**배 질리기

'좁다!'

런던의 지하철을 타자마자 느낀 생각이었다. 덩치가 산만한 영국인들이 지하철을 왜 이토록 좁게 만들었는지 당췌 이해가 되지 않았다.

이미 한 번의 삽질 때문에 짜증은 머리끝까지 올라가 있는 상태인데 갈 길은 멀지, 가뜩이나 좁은 지하철은 출근 시간이라서 그런지 사람들로 꽉꽉 들어차있지.

20kg짜리 배낭은 어깨를 짓누르고 있는데다가, 집시들에게 위협 주려고 산 SWAT(특수경찰) 힙쌕까지 바지 밑으로 흘러내리자…

내 입에서는 쌍시옷 소리가 무의식적으로 흘러 나오고 있었다.

그래도 혹시나 어디 앉을 자리가 있나 해서 주변을 살펴 보았다.

사람들 틈 사이로 보이는 빈 자리 하나.

그러나 이상하게 어느 누구도 그 자리에 앉으려고 하지 않았다.

'왜 그러지?'

호기심에 몸을 살짝 틀어서 빈 자리를 쳐다보았다.

그 빈 자리에는 놀랍게도 푸들 종 개 한 마리가 주인으로 보이는 할머니 옆에서 편안하게 누워, 졸린 눈으로 날 쳐다 보고 있는 것이었다.

좋은 사료를 먹이는지 털에는 윤기가 쫄쫄 흐르고 있었고 목에는 이름이 새겨진 듯한 금색 목걸이를 메달고 있었다.

이름은 '찰스' 비스무리한 것일 게 분명했다.

'그래도 개새끼는 개새끼'

지 아무리 때 빼고 광내고 먹는 것도 잘 쳐먹고, 이름이 찰스든 빅토리아든 다 이애나 할애비든… 개새끼는 개새끼이다. 개가 사람자리에 앉아 사람을 우습게 여기는 눈으로 쳐다보면 안 된다는 것이다.

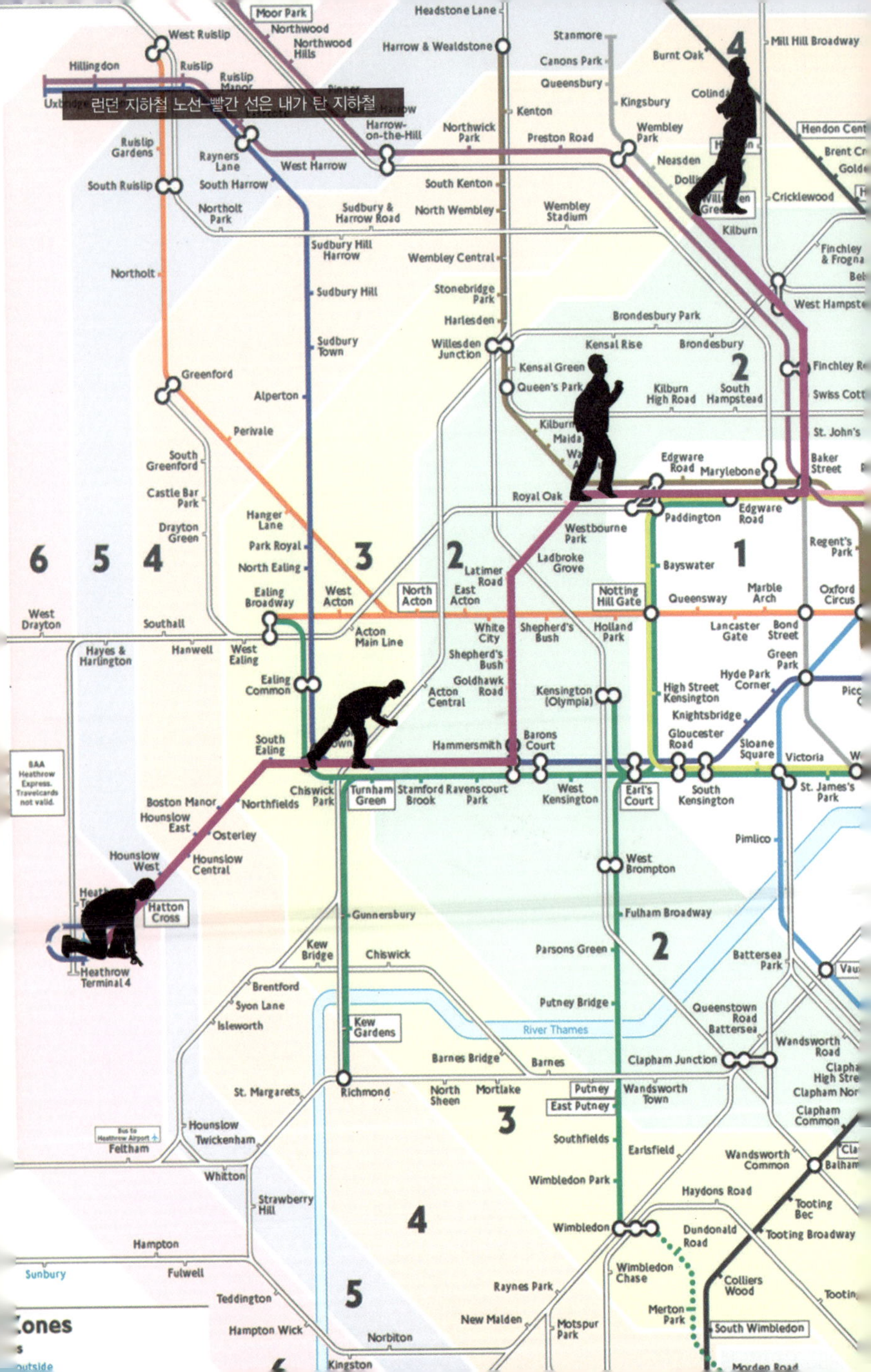

런던 지하철 노선-빨간 선은 내가 탄 지하철
Moor Park
Headstone Lane
West Ruislip
Northwood
Northwood Hills
Harrow & Wealdstone
Stanmore
Canons Park
Queensbury
Burnt Oak
Colinda
Mill Hill Broadway
Hillingdon
Ruislip
Ruislip Manor
Pinner
Kingsbury
Kenton
Hendon Cent
Uxbridge
Ruislip Gardens
Rayners Lane
West Harrow
Harrow-on-the-Hill
Northwick Park
Preston Road
Wembley Park
Neasden
Dollis
Willesden Gree
Brent Cr
Golde
South Ruislip
South Harrow
South Kenton
North Wembley
Wembley Stadium
Cricklewood
Northolt Park
Sudbury & Harrow Road
Wembley Central
Finchley & Frogna
Northolt
Sudbury Hill Harrow
Stonebridge Park
Harlesden
Bel
West Hampste
Sudbury Hill
Brondesbury Park
Kensal Rise
Brondesbury
Finchley Re
Greenford
Sudbury Town
Willesden Junction
Kensal Green
Queen's Park
Kilburn High Road
South Hampstead
Swiss Cott
Alperton
St. John's
Perivale
Kilburn
Maida Wa
Edgware Road
Marylebone
Baker Street
South Greenford
Royal Oak
Paddington
Edgware Road
Regent's Park
Castle Bar Park
Hanger Lane
Westbourne Park
Bayswater
Oxford Circus
Drayton Green
Park Royal
Ladbroke Grove
North Ealing
Latimer Road
Notting Hill Gate
Queensway
Marble Arch
West Drayton
Ealing Broadway
West Acton
North Acton
East Acton
White City
Shepherd's Bush
Holland Park
Lancaster Gate
Bond Street
Southall
Acton Main Line
Shepherd's Bush
Green Park
Hayes & Harlington
Hanwell
West Ealing
Goldhawk Road
Acton Central
Kensington (Olympia)
High Street Kensington
Hyde Park Corner
Picc
Ealing Common
Knightsbridge
BAA Heathrow Express. Travelcards not valid.
South Ealing
Barons Court
Hammersmith
Gloucester Road
Sloane Square
Victoria
Boston Manor
Northfields
Chiswick Park
Turnham Green
Stamford Brook
Ravenscourt Park
West Kensington
Earl's Court
South Kensington
St. James's Park
Hounslow East
Osterley
West Brompton
Pimlico
Hounslow West
Hounslow Central
Hatton Cross
Gunnersbury
Fulham Broadway
Heath T
Heathrow Terminal 4
Kew Bridge
Chiswick
Parsons Green
Battersea Park
Vau
Brentford
Kew Gardens
Putney Bridge
Queenstown Road Battersea
Syon Lane
Isleworth
Wandsworth Road
Bus to Heathrow Airport
Feltham
Barnes Bridge
Barnes
Clapham Junction
Wandsworth Road
Clapha High Stre
St. Margarets
Richmond
North Sheen
Mortlake
Putney
East Putney
Wandsworth Town
Clapham Nor
Hounslow
Twickenham
Clapham Common
Whitton
Southfields
Wandsworth Common
Cla Balham
Strawberry Hill
Earlsfield
Hampton
Wimbledon Park
Haydons Road
Tooting Bec
Sunbury
Fulwell
Wimbledon
Dundonald Road
Tooting Broadway
Teddington
Raynes Park
New Malden
Motspur Park
Wimbledon Chase
Colliers Wood
Tootin
Hampton Wick
Norbiton
Merton Park
South Wimbledon
Kingston
Morden Road
Zones
outside

그런데 더욱 이상한 건 그 앞에
서 있는 런던 사람들이었다. 그들은 마치 이런 개같은 상황이
당연한 일인 것처럼 어느 누구도 개 주인 할머니에게
뭐라고 하지 않고 있었다.
'흠… 우리의 개똥녀를 만나면 런던행을 반드시
추천해야쓰겄다.

역 앞에서 숙소를 찾아가기 위해 한국에서 미리 뽑아온 약도를 꺼내 들었다.

32보병사단 훈련소를 나와 항공 헬기 부대에서 근무, 조교 생활까지 역임한 대한민국 육군 출신인 나는 두려울 것 없는 발걸음으로 숙소를 향했다.

약 한 시간 후…

역에서 가장 가까운 공중전화에서 예약 한 숙소에 전화를 걸었다.

"여보세요. 저 숙소 예약한 사람인데요. 지금 길을 못 찾겠거든요?

데리러 와 주시면 안될까요?"

20분 뒤, 빨간색 푸조 한 대가 내 앞에 멈추었다.

차 안에는 나와 통화 한 것 같은 남자가 운전대를 잡고 있었다.

그의 헤어스타일은 영국 축구선수 베컴의 닭 벼슬 헤어 스타일.

그러나 대부분의 사람들이 베컴 헤어 스타일을 하게 되면 그렇듯이

그 역시 헤어 스타일만 베컴이었다.

게다가 의상까지 맨체스터 유나이티드' 공식 유니폼. 그가 한국에서 같은 동네에 살았다면 동네 조기 축구 모임에서 만났을 것 같았다.

그는 내 전화로 잠에서 깨었는지 부시시했다. 눈커풀이 한 번 감기면 떠지는 속도가 느린걸로 봐서 아직 잠이 덜 깬 것 같았다.

휙휙 돌아가는 운전대. 안전밸트를 힘껏 동여메고 손잡이를 꽉 잡았다.

숙소는 지하철 역과는 다소 떨어져 있었다. 주택가가 밀집되어있는 지역에 있었는데 낮은 담과 나무로 울타리가 쳐져있는 것이 인상적이었다. 인터넷에서 보던 것과는 달리 외부는 아담한 편이었고 내부는 이층 구조에 각 방마다 도미토리 침대(2층 침대)로 가득 메워져 있었다.

나는 숙소를 둘러보고 나서 주인장 형(헤어스타일만 베컴)의 사진실력에 감탄

했다. 어떻게 이렇게 좁고 보잘 것 없는 집을 베르사유 궁전처럼 넓고 화려하게
찍었는지…

여행객들은 이미 시내로 나갔는지 보이지 않았고, 헤어스타일만 베컴 (간단하
게 헤컴) 형의 동업자이자 애인인 여자만이 주방에서 홀로 밥을 먹고 있었다.
허리까지 내려오는 진한 노랑머리. 가수 '마야' 를 닮은 얼굴. 입술에는 피어싱
도 꼽혀 있었다. 왠지 그녀와 함께 노래방에 가면 '샤우팅 록(고래고래 소리치
는 락의 종류) 만 불러야 할 것 같았다.

이 둘은 3년 전에 런던으로 유학을 와서 학교를 다니다가 생활비를 벌기 위해
민박집을 차린 것이었고, 요리는 노랑 머리 누나가, 나머지 잡일은 헤컴 형이
맡아서 하고 있었다. 한 마디로 런던 와서 살림 차린 것이었다.

밥을 먹고 나서 샤워도 하고, 런던에 오면서 속을 썩였던 배터리도 충전기에 꼽
아 놓았다. 이제 무언가 정상적으로 되어간다는 생각이 들자 14파운드짜리 티켓
때문에 살짝 무너져있던 자신감도 서서히 되살아났다.
'자아~ 그럼 이제 다음 단계로 넘어가볼까? 흠…'
하지만 다음 단계란 애초부터 존재하지 않았다.
'런던 IN, 파리 OUT' 말고는 아무 것도 정해 놓지 않고 떠나왔던 터라 런던에
도착해서 해야 할 것을 전혀 생각해 놓지 않았던 것이다.
계획을 정해 놓지 않고 여행을 떠나면 막상 여행지에서 뭘 해야 될지 모른다는
것을 그제서야 알게 된 나는 하는 수 없이 헤컴 형한테 '어디를 둘러보는 것이
좋겠냐?'고 물어보았다. 주방에서 설거지 하던 헤컴 형. 그는 가이드 북과 비슷한
설명을 대충 해 주다가, 시내를 돌아 다니려면 지하철 패스가 필요하다며,
20파운드짜리 1주일용 패스를 15파운드에 해주겠다며 흥정을 시도 했다.

지하철 한 번 이용료가 2파운드.
일주일 동안 쓸 수 있는 프리패스가 20파운드.
동대문 쇼핑 경력 14년인 내가 그의 흥정에 말리고 있
었다.

그런데 이 때! 내 뇌리를 번개처럼 스쳐 지나가는 것
이 있었다. 그건 바로……………………………………………………

'14파운드짜리 티켓'

1주일용 프리패스가 20파운드라면. 내가 산 14파운드
짜리 티켓은 분명 일회용이 아닐 것이라는 생각이었다.
주머니에서 14파운드짜리 티켓을 꺼내 헤컴 형에게
보여주었다. 헤컴 형은 티켓을 이리저리 살펴보더니
말했다.
"여기서 3년 살면서 이런 티켓은 처음 봤어."

같은 곳을 두 번 맞은 기분.
내가 머리를 긁적거리며 말했다.
"14파운드 주고 끊은 티켓이에요."
내 말에 헤컴 형은 날 마치 '죽어버린 방귀벌레' 쳐다
보며 말했다.
"흠~ 그렇게 비싼 걸로 봐서는 적어도 하루짜리 프리
패스인 것은 같은데?"
내 14파운드짜리 티켓이 헤컴 형이 말한 대로 하루짜
리 프리패스라면… 이 날 하루, 이 티켓을 가지고 어

디든 지 돌아다닐 수 있다는 뜻이었다.
칠흑같은 어둠 속에서 빛이 태동하고 있었다.
때마침 고속 충전기에 꼽아두었던 배터리 램프도 빨
간색 불에서 초록색 불로 바뀌었다.

충전된 배터리를 카메라에 집어넣었다.
충전이 잘 되었나 확인하려고 전원 스위치를 OFF에
서 ON으로 바꾸었다.
그런데, 여전히 켜지지 않는 카메라.

분명 충전기 초록색 램프가 들어온 것을 확인하고
집어넣은 배터리였다. 혹시나 또 충전이 제대로 안 되
었나 싶어서 다시 배터리를 충전기에 꼽아 보았다.
빨간색 램프에서 초록색 램프로 바뀌는 시간은 10초
도 채 안 되었다. 그건 이미 충전이 완료되었다는 뜻.
다시 그 배터리를 카메라에 집어넣었다.
여전히 켜지지 않는 카메라.
대체 뭐가 잘못된 거냐고?! 고함을 지르고 싶었다.
카메라가 고장이 나지 않은 것은 확실하고, 배터리는
분명 충전이 완료된 상태.
이 두가지는 문제의 원인이 아니었다.
그럼 혹시 충전기가?
내가 가지고 온 충전기는 유럽여행 때문에 따로 구입
한 고속충전기. 유럽에 오기 전에 급하게 들고 온 충
전기였다.

그렇다. 문제의 원인은 충전기였다.

충전기가 고장이나서 배터리가 충전이 안 되는 거였고

충전이 제대로 안 된 배터리 때문에 카메라 전원이 켜지지가 않는 것이었다.

내 카메라는 일반 배터리가 아닌 전용 배터리를 쓰기 때문에, 배터리가 방전

되면 전용 충전기에 충전하는 것 말고는 대책이 없다.

2개월 동안 유럽 여행을 하는 내게 쓸 수 있는 배터리라고는 **깜빡이는 배터리뿐.**

2개월 동안 유럽 여행을 하고 나서 내가 찍은 사진이라고는 **인천공항 사진뿐.**

"허허허허~"

입가에선 허탈한 웃음 소리만 공허하게 흘러 나오고

귓가에선 친구가 지껄였던 말만 맴돌고 있었다.

"너 강원도 가지?"

그래도 이대로 주저 앉을 수만은 없었다.

14파운드 짜리 티켓, 이것마저 날릴 순 없었다.

본전이라도 찾기 위해서는 한 곳이라도 더 돌아다녀야 했다.

14파운드짜리 티켓을 개찰구 속으로 집어넣었다.

도로 뱉는다.

다시 지하철 티켓 가격의 무려 7배인 14파운드짜리 티켓을 개찰구 속으로 집어넣었다.

도로 뱉는다.

다시 자장면 10그릇 가격이나 되는 14파운드짜리 티켓을 개찰구 속으로 집어넣었다.

도로 뱉… 자 마자 찢어버렸다. 갈기갈기…

14라는 숫자가 머리 속에서 지워지도록…

나는 월슨그린 역 앞에 있는 돌 위에 주저 앉아 생각 했다.

'다시 숙소로 갈까?'

'어차피 나온 김에 시내로 갈까?'

'아니면 그냥 이대로 한국으로 뜰까?'

하지만 숙소에 가면 할 게 없었고, 한국으로 돌아가려면 숙소에 가야 했다.

이대로 시내를 둘러 보는 것 말고는 별 다른 묘수가 없었다.

'어디로 가야 할까?'

가이드 북을 펴서 보니 '런던 관광 일일 코스' 가 나와 있었다.

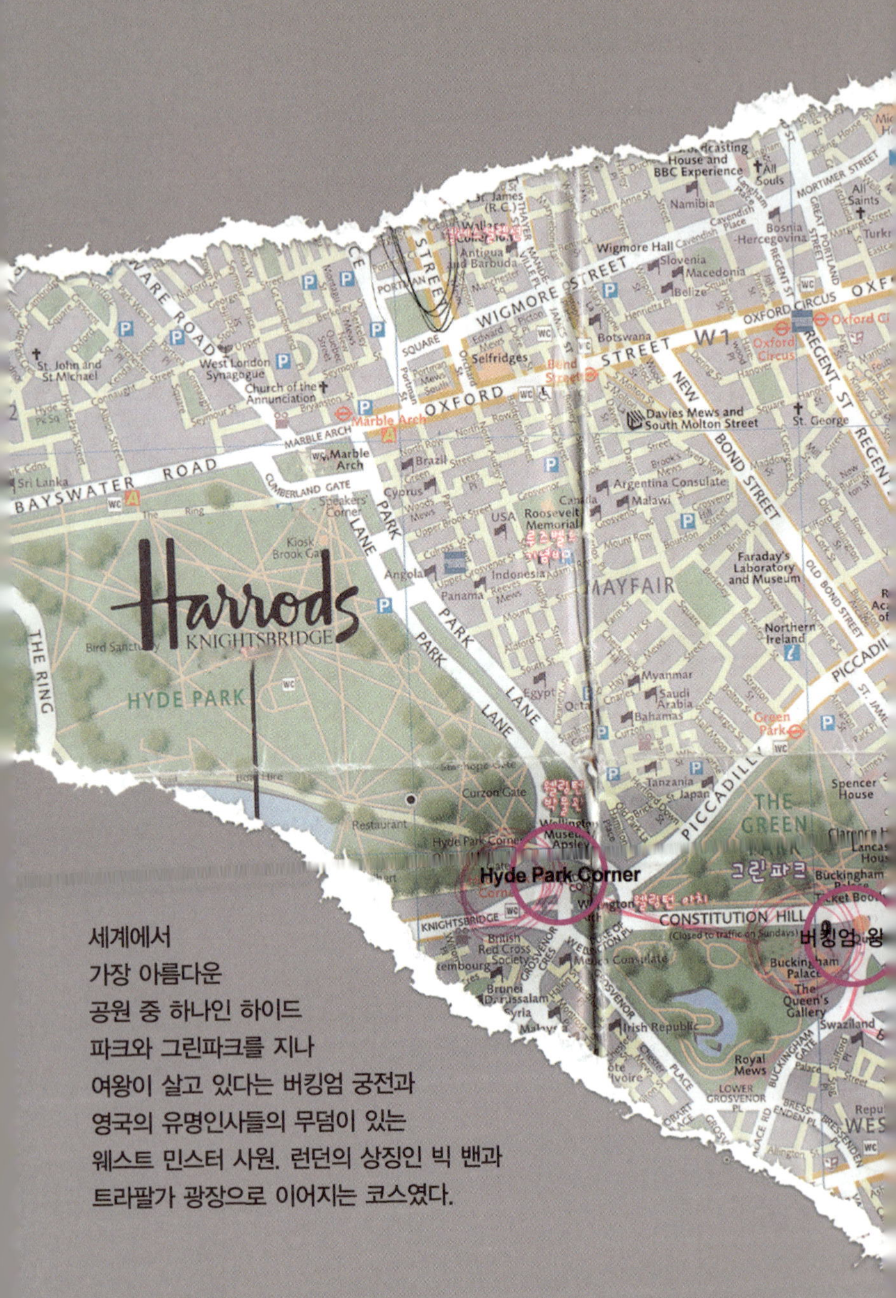

세계에서
가장 아름다운
공원 중 하나인 하이드
파크와 그린파크를 지나
여왕이 살고 있다는 버킹엄 궁전과
영국의 유명인사들의 무덤이 있는
웨스트 민스터 사원. 런던의 상징인 빅 밴과
트라팔가 광장으로 이어지는 코스였다.

British Museum
영국 박물관
University of London
HIGH HOLBORN
HOLBORN
Gray's Inn
THEOBALD'S
Chancery Lane
St Etheldreda, Ely Place
Holborn
Inns of Court & City Yeomanry Museum
London Silver Vaults
HOLBORN VIADUCT
Sir John Soane's Museum
LINCOLN'S INN FIELDS
Dr Johnson's House
FLEET STREET
FETTER LA
NEW OXFORD STREET
HIGH HOLBORN
KINGSWAY
Royal College of Surgeons
Barbados
The Oasis Sports Centre
Freemason's Hall
London School of Economics
Royal Courts of Justice
St Bride's
LUDGATE CIRCUS
Tottenham Court Road
CHARING CROSS RD
House of St. Barnabas-in-Soho
SOHO
WC2
London Ecology Centre
Royal Opera House
St Catherine's House
St. Clement Danes
ALDWYCH
Australia
Nigeria
NEW BRIDGE ST
SHAFTESBURY AVENUE
Theatre Museum
India
STRAND
Roman Bath
Middle Temple Hall
The Temple
Berwick Street
St. Anne's
Photographers Gallery
Covent Garden
London Transport Museum
St Paul's
Queen's Chapel of the Savoy
King's College
Courtauld Gallery
Somerset House
Gilbert Collection
Temple
VICTORIA EMBANKMENT
Blackfriars
BLACKFRIARS BRIDGE
Leicester Square
Trocadero
Half-Price Ticket Booth
Zimbabwe
St. Martin-in-the-Fields
EMBANKMENT
Savoy Pier
Temple Pier
H.Q.S. Wellington
H.M.S. Chrysanthemum
H.M.S. President
London Pavilion Rock Circus
Piccadilly Circus
Eros
National Portrait Gallery
National Gallery
London Brass Rubbing Centre
Charing Cross
EMBANKMENT GARDENS
T.S. Queen Mary
Cleopatra's Needle
WATERLOO BRIDGE
Royal National Theatre (Lyttelton, Olivier and Cottesloe Theatres)
South Quay
Gabriel's Wharf
Upper Ground
The London Television Centre (LWT)
STREET
BLACKFRIARS ROAD
Wales
Britain Visitor Centre
New Zealand
Rwanda
Uganda
Scotland
Papua New Guinea
Nelson's Column
트라팔가 광장
Charing Cross
Embankment
Hispaniola
National Film Theatre
Festival Pier
South Bank Centre
Hayward Gallery
Hungerford Bridge
Admiralty Arch
Chapel Royal
THE MALL
HORSE GUARDS ROAD
WHITEHALL
Horse Guards
Banqueting House
Tattershall Castle
South Bank
(Queen Elizabeth Purcell Room Royal Festival Hall)
여행 중 들고 다닌 지도
MAP PLANET
ST. JAMES'S PARK
세인트 제임스 파크
Horse Guards Ave
10 Downing Street
Cenotaph
Downing Street
Richmond Ter
VICTORIA
Waterloo
River Boat to Kew, Richmond, Hampton Court, the Tower, Greenwich and Thames Barrier
Westminster Pier
WC
The Cabinet War Rooms
GREAT GEORGE ST
Westminster
Westminster Bridge
WALK
Middlesex Guildhall
Queen Elizabeth II Conference Centre
Methodist Central Hall
PARLIAMENT
BRIDGE STREET
WESTMINSTER BRIDGE
Big Ben
Westminster Hall
SANCTUARY
BROAD
St Thomas' Hospital
St James's Park
London Transport Headquarters
Tothill St
웨스트민스터 사원
Jewel Tower
국회의사당
LAMBETH PALACE ROAD
Caxton St
VICTORIA TOWER GARDENS
Abbey Orchard St
MILLBANK
ARCHBISHOP'S PARK
LAMBETH
GREYCOAT PL
HORSEFERRY RD
Strutton Ground
St John's Smith Square
Lambeth Palace
Museum of Garden History
New Royal Horticultural Hall
HORSEFERRY ROAD
Old Royal Horticultural
Lambeth Pier
LAMBETH BRIDGE
LAMBETH
Page Street

일단 출발지인 하이드파크가 있는 하이드파크 역으로 가기 위해서 지하철 승강
장으로 발걸음을 옮겼다.
지도를 보면서 찾아 다닌다고 생각하니까 마치 '롤플레잉게임'의 주인공이 된
것 같은 느낌이 들었다. 마침 헤드폰에서는 하림의 '여기보다 어딘가에' 가
흘러 나왔다.

이제 난 떠난다.
크게 숨쉬며~ 돌아올 봄 없이~ 내가 가두었던 내 자유를 찾아~

하림의 음악을 들으면서 발걸음을 옮기다 보니, 구석에 찌그러져 있던 여행의
설레임이 점점 부풀어져갔다.

'그래, 내가 누구더냐!'

낭만을 찾아
만리를 떠나는
자유로운 영혼을 가진
객기의 결정체….
낭만자객 아니더냐!

이 정도로 쉽게 무릎 꿇을 내가 아니었다.
낮잠 자는 자는 개에겐 햇빛이 비추지 않는 법.
분명 지금의 고난은 더 찬란한 햇빛을 보기 위해서 겪는 일.

'그래 폭풍우여~ 더 거세게 불거라.'

잠시 잃어버렸던 자아를 되찾은 나는 힘차게 하이드파크 역을 빠져나갔다.

쏴아~~~

이 소리는 탁재훈이 〈상상플러스〉 '올드앤뉴' 코너에서 정답을 맞출 때 내는 소리가 아니다.

그렇다고 이 소리가 돈 많은 친구에게 밥 사달라고 할 때 내는 소리도 아니다.

그렇다. 이 소리는 바로………………………………………………………………

비 오는 소리다.

하이드파크 역에는 매정하게 폭우가 쏟아지고 있었다.

그리고 헤드폰에서는, 음악이 언제 바뀌었는지 MC 스나이퍼의 '글루미 썬데이' 가 흘러 나오고 있었다.

우울한 오후 사랑의 질투는 실수를 연발해~

삶의 부서진 그대의 눈물 세상을 차게 적시네~

그렇게 나는 런던에 온 지 단 3시간도 채 안되어서 런던에 질리고 있었다.

낭만자객 쇼(Show)

‘흠… 런던을 너무 얕잡아 봤나?’

사실 **부르마불** 게임에서도 런던은 호텔과 별장을 세우면, 상대방을 파산시킬 수 있는 위력을 가진 도시 였다. 그런 런던이라서 내겐 우대권이 절실히 필요한 상황인데도,오히려 나는 파산 촉매 작용을 하는 반액대매출이나, 벌금형 같은 황금열쇠만 뽑고 있었다. 이럴 때는 오히려 주사위를 돌리지 않는 무인도에 가 있는 게 나았다.

‘흠… 그냥 강원도로 갈까?’

유럽에서 두 달 동안 쓸 비용으로 가지고 온 돈은 비행기 값, 유레일패스 값 빼면 ‘300만원…’

유레일패스는 어차피 개시도 안 했으니 서울에 가서 다시 팔면 되고
비행기는 그냥 한 번 서울에서 런던까지 실컷 타봤다 생각하면 되었다.
그리고 남은 돈 300만원 가지고 한국에 가서 두 달 동안 실컷 노는 것도 나름 재미있을 것 같았다.

부모님은 분명 전화하지 말고 이메일을 사용하라고 했기 때문에 유럽에서 보낸 것처럼 이메일을 쓰면 되고…
선물을 사오라던 형에게는 이태원이나 수입 가게 같은데 가서 유럽에서 살 만한 기념품 같은 것을 사주면 되고…
유럽에 가는 것을 절대 믿지 않던 친구에게는 이태원이나 동두천 같은데 가서 외국인이랑 찍은 사진을 뽀샵 처리해서 보여주면 되었다.

완전범죄

이런 생각을 할 수 있는 내 스스로가 너무도 대견스러워지자 몸 안에
깊숙히 베어있던 집념이 꿈틀거리며 살아나기 시작했다.

'그래, 내가 누구더냐?'

그림 출처–슬램덩크

이런 나의 집념에 하늘도 감탄했는지 빗방울은 점차 가늘어 지더니

이내 자취를 감추었고 햇살이 구름사이로 모습을 드러내었다.

'변덕스러운 런던의 날씨를 이토록 빨리 실감하게 될 줄이야.'

버킹엄궁전 입구

가이드 북에서 알려준 일일코스를 따라. 하이드파크와 그린파크를 지나고 나니 그 유명한 **버킹엄 궁전**이 모습을 드러냈다.

꿈 속에 자주 나오던 곳.
넓은 궁실에서 뛰어 놀던 장면.
머리에 쓰고 있던 왕관.
금테가 둘러진 의자에 앉은 내 모습.
기억들이 너무도 선명하다.

파편 같은 기억들이 모아지자 나도 모르게 버킹엄 궁전 안으로 들어가고 있었다. 하지만 예상대로 버킹엄 궁전을 지키고 서 있던 근위병이 나를 막아 세웠다.

"무엄하도다. 어디서 졸개 주제에 감히 나를 가로 막느냐 썩 문을 열지 못할까!"

이렇게 말한다면 팔에 수갑이 묶인채 한국으로 돌아가는 비행기에 있을 게 분명했기에 근위병에게 머쓱한 미소만을 짓고 발걸음을 다음 코스인 웨스트민스터 사원으로 옮겼다.

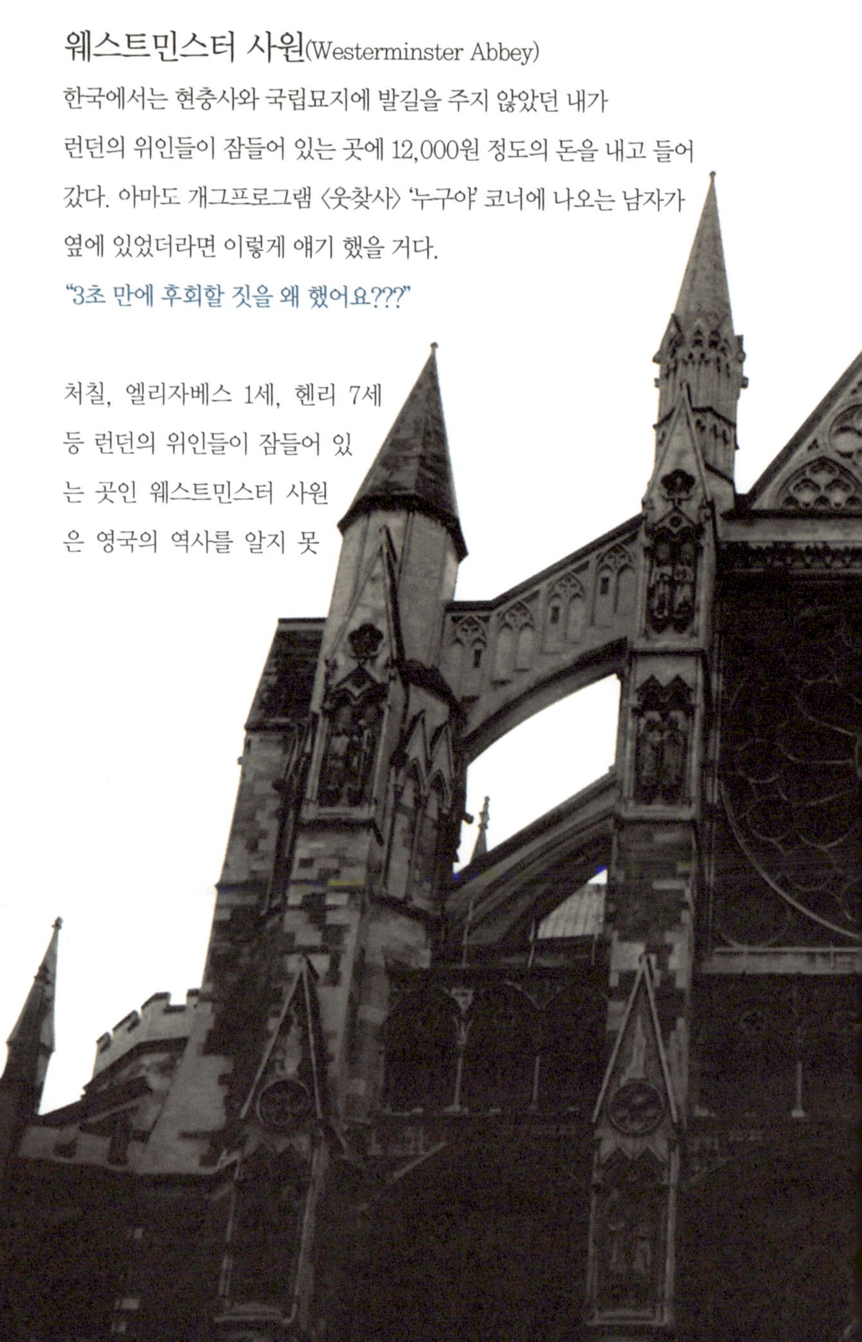

웨스트민스터 사원(Westerminster Abbey)

한국에서는 현충사와 국립묘지에 발길을 주지 않았던 내가
런던의 위인들이 잠들어 있는 곳에 12,000원 정도의 돈을 내고 들어
갔다. 아마도 개그프로그램 〈웃찾사〉 '누구야' 코너에 나오는 남자가
옆에 있었더라면 이렇게 얘기 했을 거다.
"3초 만에 후회할 짓을 왜 했어요???"

처칠, 엘리자베스 1세, 헨리 7세
등 런던의 위인들이 잠들어 있
는 곳인 웨스트민스터 사원
은 영국의 역사를 알지 못

하면 딱히 재미를 느낄만한 구석이 없는 곳이었다. 나중에 〈다빈치 코드〉를 읽고 나서 중요한 힌트로 등장하는 아이작 뉴턴경의 무덤이 이 곳에 안착되어 있다는 것을 알게되어 이곳에 관심을 가지게 되었지만, 여행하던 당시에는 〈다빈치 코드〉를 읽지 않았던 터라 이곳을 수박 겉 핥기 식으로 둘러보고 나왔다.

엄청나게 넓은 웨스터민스터 사원을 다 돌고 났더니 다리가 뻐근하길래 이곳을 빠져나오면 보이는 벤치에 앉았다.

'좀 쉬었다 가자.'

정면에는 끝이 뾰족한 고딕양식의 런던 국회의사당이 보이고 그 뒤 쪽에는 거대한 회전 관람차인 런던아이가 고장난 수레바퀴마냥 천천히 돌아가고 있었다.

그 모습을 보고 있으니 왠지 조금은 우울하고, 조금은 외롭고, 조금은 허전했다.

고요한 오후. 헤드폰에서는 CD의 마지막 트랙이 돌아간다.

바비킴의 독특한 음색이 매력적인 '고래의 꿈'.

바다. 바다. 저 끝 어딘가 사랑을 찾아서.

노랫가사가 귀에 박힌다. 여행을 다니면서 듣고 다닐려고 보헤미안 느낌이 묻어나는 노래들을 CD에 모아온 건 잘한 일이었다. 하림. 바비킴. 패닉. 등등. 한국에서 그들의 노래를 들을 때면 어디론가 떠나고 싶은 생각이 간절했는데…

내가 여행을 떠나왔다는 것이 아직 피부에 와닿지 않는다.

이런 저런 생각을 하고 있을 때. 누군가 내게 다가왔다.

"$&*&%#$#"

나는 끼고 있던 헤드폰을 벗었다.

"대기실에서도 헤드폰 끼고 노래 듣고 있더니 여기서도 그러고 있네요?"

고개를 들어보니, 키도 작고 어리게 생긴 (얼핏 보면 초등 학생처럼 보이는) 한국인 여자였다.

그녀는 공항 대기실에서 날 본 모양인데, 난 솔직히 처음 보는 얼굴이었다.

이런 사실을 아는지 모르는지 명랑한 목소리로 말하는 그녀.

"숙소는 잡으셨어요? 저기 보이는 런던아이는 타보셨어요? 저는 스무 살인데 얼굴이 어리게 생겨서 어린이용 티켓 끊고 탔어요. 호호호~ 오빠는 어디어디 다니셨어요?"

그녀의 말들은 귀에 들어오지 않았다. 단 두 글자만 빼고…

나에겐 잊혀졌던 단어인 **오빠.**

군대에 있는 동안. 나보다 나이가 한참 많은 여자에게도 아저씨라고 들었었는데, 이역만리에서 이 소리를 듣게 될 줄 누가 알았겠는가!
그녀는 습관인지 의도적인지 모르겠지만 계속 나를 흐뭇하게 만들었다.
"**오빠**는 버킹엄궁전하고 하이드파크보셨다고요? 흠… 저는 이제 거기 가려고 하는데. 근데 **오빠**도 혼자오셨나 봐요? 저도 혼자 왔는데, 그러면 **오빠**는 몇 달 일정 잡고 오셨어요? 우와 저도 두달 잡고 왔는데…"
그녀는 끊임없이 내게 질문을 했고, 나는 차근차근 그녀의 질문에 대답해주었다.
우린 이렇게 서로의 여행에 대해 얘기를 주고 받았다.

어떻게 여행을 오게 된 건지.
런던에 도착해서 뭘 했는지.
단, 14파운드 짜리 티켓 얘기만은 꺼내지 않았다.

그러다 갑자기 조용해진 그녀. 말을 고르고 있는 듯 보였다.
그리고는 다시 입을 열었다.
"근데 런던 다음에 어느 나라 갈 생각이에요? 저는 **스코틀랜드**에 가려고 하는데… 혹시 런던 다음에 일정 정한 곳 없으시면 우리 같이 다닐래요?"

'스코틀랜드'

스코틀랜드는 부루마불에 있지도 않은 나라였다.

내가 고민하는 표정을 짓자, 그녀는 내게 생각할 틈을 주지 않으려는 듯 말에
가속도를 붙였다.
"같이 가요~ 저도 오빠처럼 혼자 왔는데 혼자 돌아다니니까 심심하네요.
다른 한국인 여행객들 보니까 같이 돌아다니는 것도 재미있어 보이고…
어떠세요 오빠?"

'스코틀랜드'

스코틀랜드는 영화 〈브레이브 하트〉를 보고 너무나도 가고 싶었던 나라였다.

그녀는 항상 이성 앞에서 냉정을 유지하던 내가 오빠라는 두 글자에 동요되
는걸 느꼈는지 내게 총공격을 퍼부었다.
"여하튼 오빠!! 그럼 저는 버킹엄 궁전 하고 하이드파크 보고 올 테니까,
오빠는 빅 밴이랑 런던아이 보세요. 그런 다음에 트라팔가 광장에서 봐요. 지
금 시간이 1시니까 3시에 거기서 보는 게 어때요. 오빠??"
나는 그녀의 말에 차에 붙어있는 개 인형 마냥 고개를 끄덕일 뿐이었다.
그러자 그녀는 어린애 같이 손뼉을 치더니 3시에 보자며 버킹엄 궁전이 있는
곳으로 홀연히 사라졌다. 하늘을 올려다 보니 구름이 겹겹이 쌓여있던 런던 하
늘은 언제 그랬냐는 듯 파란 얼굴로 바뀌어 있었다.

런던의 상징 빅밴

유유히 흘러가는 템즈강에는 유람선이 어디론가 향해 가고 있었고 템즈강을 잇는 다리 위에는 빨간색 2층 버스가 지나쳐 가고 있었다. 커다란 헤드폰을 귀에 덮고 템즈강을 바라보는 벤치에 앉아있으니 새로운 곳에 도착해서 불안해 했던 마음이 점차 여유를 찾아갔다.

시계를 보니 약속시간까지는 아직 한 시간 정도 남아있었다. 그러나 특별히 둘러보고 싶은 곳도 없고 사진도 맘껏 못 찍던 터라 예정보다 일찍 트라팔가 광장으로 발걸음을 옮겼다.

남산 타워 높이 만한 넬슨 동상 좌측에는 시원하게 물줄기를 내뿜는 분수대가 자리잡고 있고, 넬슨 동상뒤편에는 세계 3대 미술관 중 하나인 내셔널 갤러리가 자리 잡고 있는 **트라팔가 광장.**

트라팔가 광장은 런던에서 가장 사랑받는 광장답게 사람들로 북적거렸다.

트라팔가 광장의 넬슨 동상

그리고 내셔널갤러리 앞에
는 뒤룩뒤룩 살찐
수백 마리의 비둘기들이
관광객들이 흘린
음식 찌꺼기를
주워먹고 있었다.
대부분의 한국 여성들은
비둘기 떼만 보면
몸서리 치는 경향이
있는데 런던 여성들은
사뭇 달랐다.

날개 짓을 할 때마다
세균이 5,000개나
떨어지는 비둘기 떼
한 복판에서
9,000개의 세균을
받아먹으며 손에다가 싼
비둘기 똥은 팩처럼
얼굴에 바르고
그것을 혓바닥으로
핥어 먹고 있는 그녀는
완전…

"내 스타일이야~"

'이 많은 사람들 중에서 어떻게 그녀를 찾는다?'

이렇게 유명한 장소에서 누군가를 기다리고 있다 보니 마치 영화 〈러브 어페어〉의 주인공이 된 것 같은 기분이 들었다

〈Love Affair〉
약혼자가 있는 남자와 여자가 비행기에서 만나, 사랑에 빠지고 3개월 후에 '엠파이어 빌딩' 꼭대기에서 만나기로 약속한다. 이 둘의 엇갈린 운명에 관한 영화

'동행자라…'

사실 유럽에 오기 전에 동행자를 구하려고 한 적이 있었다. 인터넷에 있는 유럽 여행 카페에 글을 올렸는데 글의 내용은 대충…

두달 여행을 하고, 런던 IN 파리 OUT, 예술에 관심이 많고, 사진 찍는 것을 좋아하는 동행자를 구한다는 내용이었다.

그리고 얼마 후.

스팸 메일만 가득 차있던 이메일 함에는 같이 여행 가자는 여행자의 이메일이 들어와 있었다.

나보다 한 살 어린 아가씨.
그녀는 런던 IN 파리 OUT도 나와 같고, 사진 찍는 것
을 좋아한다며 함께 가자고 메일을 보내온 것이었다.
우리는 이메일을 주고 받으면서 서로에 대해서 알아
갔고, 계획과 일정 등을 서로 맞춰 나갔다. 하지만
여행 계획에 어느 정도 틀이 생기기 시작할 무렵, 난
점차 마음이 흔들리기 시작했다. 일정과 계획을 맞
추면서 여행을 다니려다 보니 처음에 가졌던 여행에
대한 가치관이 흔들리고 있었던 것이었다.

떠나고 싶을 때 떠나고…
머물고 싶을 때 머물고…
난 그렇게 자유롭게 여행을 다니고 싶었다.

하지만 동행자 일정을 서로 조율해 나가는 과정 중에는.
내게 족쇄를 채우는 것이 있었다.

'무엇을 꼭 봐야 하고'
'어디를 꼭 가야 하고'

결국 그녀에게 함께 가지 못하겠다고 얘기했다. 그러자
그녀는 처음엔 변심한 나를 원망했지만, 시간이 지나자
자신도 남자하고 단 둘이 떠나는 것이 사실 살짝 부담
스러웠다며 서로가 인연이 되면 유럽에서 보자고
말했다. 우린 그렇게 이메일 상으로 바이바이 했다.

이렇게 동행이 있는 것은 무계획으로 다니는 내게는 상당히 부담스러운 일이었는데 막상 여행을 와서 혼자다니다 보니 대화하는 것을 즐기는 내가 혼잣말만 하고 있고, 사진도 Self 사진만 찍어야 하는 불편함을 느끼기 시작한 것이다. 그 때문일까? 동행자와 함께 다니는 것도 나름 괜찮을 것 같다는 생각이 들었다.

'그녀와 만나면 뮤지컬을 같이 보러 가자고 할까?'
'아니, 일단 저녁을 같이 먹자고 해야지.'

이런 저런 생각을 하다 보니, 입가엔 나도 모르게 미소가 지어지고 있었다.

휘~ 잉~

쌀쌀한 9월의 런던 바람이 내 몸을 훑고 지나간다.
그 많던 사람들은 모두 어디로 갔는지 너무나도 한산한 트라팔가 광장.
손목 시계가 가리 킨 시간은 5시 40분.
우리가 만나기로 한 시간은 3시.
나는 무려 3시간 가까이 그녀를 기다리고 나서야 홀로 자리에서 일어났다.

런던의 싸늘한 바람 때문인걸까?

아니면 다른 바람 때문인걸까?

어떤 이유인지는 모르겠지만 몸이 부들부들 떨린다.

잠시 지난 시간을 생각해봤다.

14파운드 짜리 티켓.

고장난 충전기.

지하철에서 내리자마자 쏟아지던 폭우.

그리고, 네 살 어린 여자에게 맞은 바람.

이 모든 것이 단 10시간 동안 이루어진 사건들이었다.

무언가 이상하다.

이렇게 사람이 연속으로 곤경에 빠지는 것이 상식적으로 이해가 되지 않았다.

음모가 있는 것이 분명했다.

그리고 문득 뇌리를 스친 생각! 이건……

SHOW 다.

영화 〈트루먼 쇼〉의 한 장면

영화 〈트루먼 쇼〉처럼 어느 누군가가 이 상황을 조작하고 있는 것이다.

그렇지 않고서야 하늘이 나한테 이럴 수는 없는 것이었다.

그렇게 난 런던에 온지
단 10시간 만에
하늘까지 믿지 못하게 되었다.

런던을 불태우다.

휘잉~~~~~

눈물이 흘러내린다.

여자한테 바람을 맞아서 흐르는 눈물이 절대 아니다.

그렇다고 배터리가 수명을 다해서 그런 것도 아니다.

단지 바람이 세게 불어서 안압이 약한 내 눈에 눈물이 흐르는 것뿐이다.

해는 아무 일도 없었던 처럼 서서히 서편으로 기울고 있었다.

거리는 변함이 없는데 그 많던 사람들은 사라져 버리고 남은 것은 정적.

숙소로 돌아가자는 생각 밖에는 다른 생각은 들지 않았다.

민박집 주인장들이 가장 싫어하는 여행객 1위는…

가장 늦게 숙소에서 나가서, 가장 먼저 숙소에 들어오는 사람이다.

난 그 1위를 당당히 차지하며 숙소에 들어갔다.

붉은 노을이 스며드는 주방 창가 옆에서 물담배를 피고 있는 노랑 머리 누나.

그녀가 나를 보더니 미소 짓는다.

"일찍 들어왔네요~"

그러나 그녀의 미소는 어금니가 꼭 물린 미소.

그녀의 어금니 사이로는 물담배 연기가 삐져 나온다.

왠지 그녀의 입 속에는 면도칼도 숨어있을 것 같다.

조용히 방 안으로 들어갔다. 그리고 불도 켜지 않은 채, 도미토리 침대에 외투도 벗지 않고 누웠다. 심신이 모두 지친 상태였던 탓일까? 침대에 눕자 마자 잠에 빠져 들었다. 헤컴 형이 저녁 먹으라며 나를 깨우지 않았더라면 분명 아침까지 잠들어 있었을 것이다.

차가운 공기를 덮고 잠을 잤던 터에 찌뿌둥해진 몸을 이끌고 주방으로 나섰다.
식탁 주변에는 저녁 시간에 맞춰서 숙소에 들어온 여행객들이 앉아 있었다.
내가 유럽에 온 시기가 비수기라서 그런지 숙소에는 여행객들이 그리 많지 않
았다. 게다가 투숙객 대부분이 오늘밤이나 내일 아침에 다른 나라로 떠날 예정
이었다.

이 날 떠나는 사람들 중에는 이국적으로 생긴(동남아 계열) 남동생과 헤어스타
일이 펑키 스타일인 그의 누나가 있었다. 이 남매는 나보다 일주일 전에 들어와
서 런던을 거의 다 둘러보았던 터라 이 날 밤 파리로 떠난다고 했다. 나와는 저
녁 식사 시간에 몇 마디 나눈게 전부였지만 그 몇마디가 인연의 전초가 되었다
는 것을 나중에 알게된다.

저녁을 먹고 난 뒤, 민박집 여행객들은 네부류로 나뉘었다.

야경을 보러 가는 여행객 33%
뮤지컬을 보러 가는 여행객 33%
맥주 마시러 펍(Pub)에 가는 여행객 33%
그리고
의욕을 잃고 도미토리 침대에 누워있는 여행객 1%

난 그 1%였다.
여행에 대한 의욕이 떨어진 가장 큰 요인은 사진을 못 찍는 다는 것이었다.
낭만자객에게 카메라는 사무라이에게 쥐어진 진검과 같기 때문이다.
그런데 사실, 이 절망 상태에서 벗어 날 수 있는 방법이 몇 가지 있긴 했다.

그 첫 번째.

'싼 디카를 새로 산다.'

'진정한 검사는 칼을 바꾸지 않는 법.'

이 방법은 내게 적합하지 않았다.

그 두 번째.

'남의 디카를 훔친다.'

사실 이 방법은 의외로 간단하다.

혼자 여행 온 관광객에게 접근해서 사진을 찍어 준다고 하고

"조금만 뒤로 가세요. 조금만 더요 자~ 조금만 더 뒤로… 네, 됐어요. 예 찍습

니다. 김치…"라고 말한 뒤에 카메라를 들고 튀면 되는 것이다.

하지만… 이건 '진정한 검사 정신에 어긋나는 행동'

이 방법 역시 내게 적합하진 않았다.

그리고 마지막 세 번째.

'런던에서 충전기를 새로 산다.'

'흠… 왜 이런 생각을 진작 못했을까 …?'

이 방법은 지금 내가 처한 상황에서 가장 합리적이고도 이상적인 방법이었다

이렇게 완벽하게 결론을 도출해 내자 입가에는 잃어버린 줄 만 알았던 미소가

다시 번지기 시작했다.

이 참에 '충전기가 왜 고장이 났는가?'에 대해서도 추리를 해보기로 했다.

충전기는 앞서 얘기한 바대로 산지 하루 밖에 안 된 고속 충전기.

물리적인 충격과 외부 손상은 전혀 입지 않았고, 전원 램프와 충전 램프도 문제

없이 작동하고 있었다. 생각해 보면 충전기에는 사실 별 다른 문제가 없었다.

'그렇다면 대체 무엇 때문에 충전이 안 되는 것일까?

카메라도 문제가 없고, 충전기도 문제가 없고, 배터리도...

"허 걱!"

입에서는 짧은 신음 소리가 흘러나왔다.

'설마~~설마~ 아닐 거야! 말도 안돼!'

한 칸 남은 생명력으로 마지막까지 카메라에 생명을 불어넣었던 배터리.

그 배터리를 충전기에 꽂아보았다.

그리고 10분 후

카메라 액정에는 Full Energy 표시가 떠있었다.

출처-소년탐정 김전일

범인은 밝혀졌다.
범인은 바로 **추가로 구입한 배터리**였다.

유비무환 정신이 투철한 나는, 여행을 다니면서 하나로는 부족할 듯해서 배터리를 하나 더 구입했었다.

그것이 화근.

떠나기 전날 밤에 추가로 구입한 배터리를 고속 충전기로 충전을 했다. 그리고 다음 날 아침, 충전기에 초록색 불이 켜진걸 확인하고 난 뒤 카메라 속에 들어 있던, 한 칸 밖에 남아있지 않은 배터리와 교체를 했다.
문제가 생겼다는 것을 알게 된 시간은 그 날 오후 1 시.
내게 샤브샤브를 사준 친구를 찍으려던 순간이었다.
전원이 제대로 켜지지 않자, 카메라가 고장 난 줄 알고 당황스러워하는 내게 친구는 다른 배터리(한 칸 남은 배터리)로 교체 해보라는 말을 했고, 그의 말대로 해서 카메라가 켜지자 충전기에 배터리를 제대로 꼽지 않은 것이라고 생각했다.
런던 숙소에서 충전을 다시 하기로 마음을 먹고 숙소에 도착하자마자 제대로 충전이 안 된 배터리(추가로 구입한 배터리)를 다시 충전기에 꼽아 넣었다. 그리고 초록색 램프가 켜지자, 충전이 다 되었다고 생각하고 다시 그 배터리(추가로 구입한 배터리)를 카메라 속에 집어넣었다.
그러나 카메라는 여전히 켜지지 않았다.

1분 가량 원인이 뭔지 고민하고 나서 내린 결론은 충전기가 고장난 거였다.
그 때 만약 한 칸 남았던 배터리를 충전기에 한 번만이라도 꼽아봤더라면
내 첫 날 여행은 완전 달라졌을 것이었다.

텅~! 텅~!! 텅~!!!

텅 빈 숙소에는 고장난 TV를 치듯 내 머리를 두들기는 소리 만이 울려 퍼졌다.
'후우~~.'
숨을 길게 내쉬었다.
손에는 에너지가 꽉 찬 카메라가 들려 있었다.
그러자 이대로 방 안에만 있을 수 없다는 생각이 들었다.
무작정 숙소를 나섰다.
날 막아세우려는 차가운 런던의 밤 공기.
그러나 이미 내 심장은 타오르고 있었다.
태풍이 찾아오고 눈보라가 불어온다 해도 발걸음을 멈출 순 없었다.
이 모든 것들은 오히려 내 심장을 더욱 타오르게 만들 뿐이었다.

차가운 런던의 밤공기를 뚫고 내가 가려는 곳은 런던에서 야경이 가장 아름답
다는 **타워 브릿지**였다.

타워 브릿지로 가는 도중, 다른 세계로 연결되는 길을 만나게 되었다.

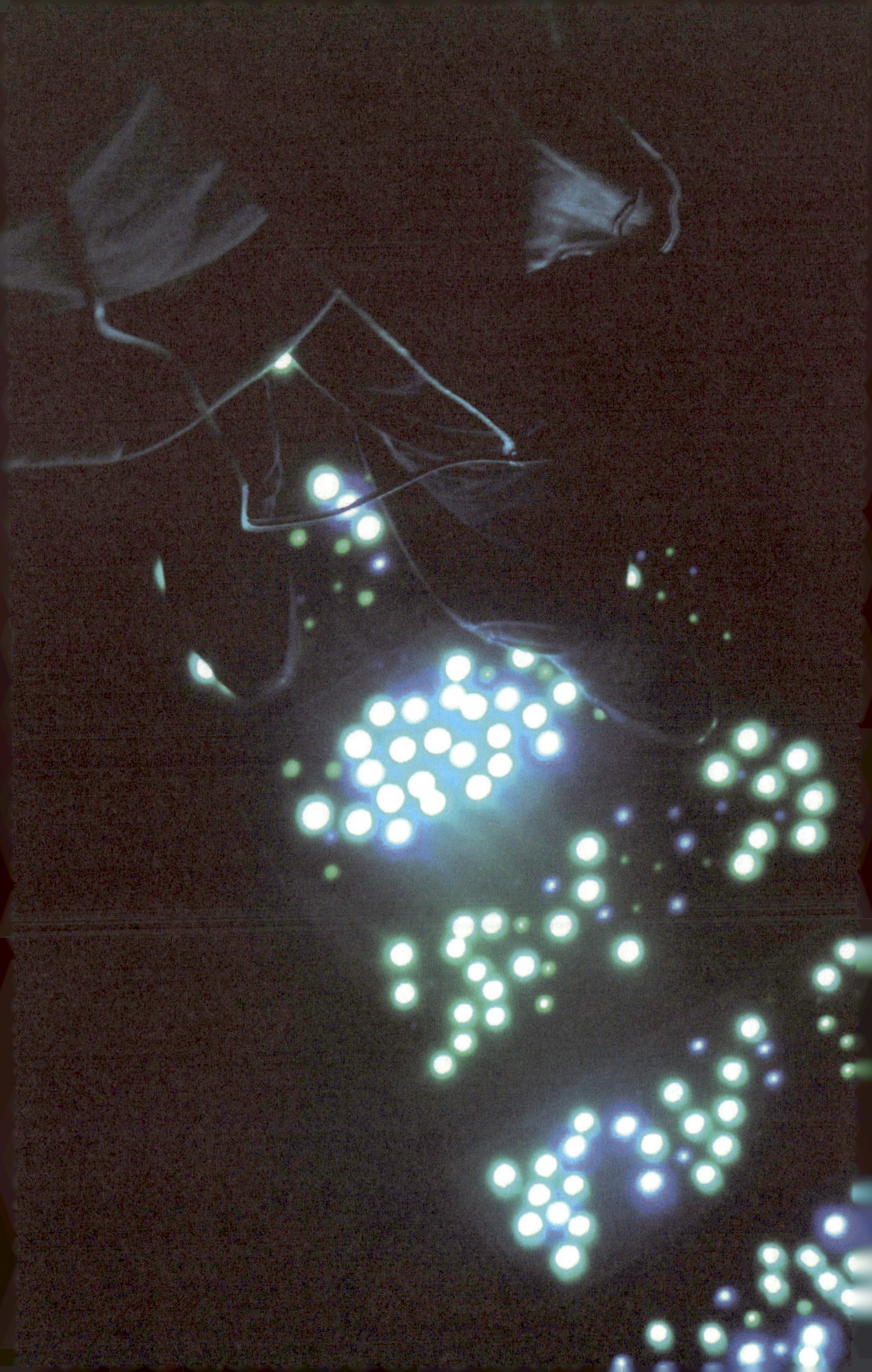

차가운 기억은
따뜻한 추억이 된다.

길.

이 길을 걸으면

난 새로운 세계에 도달한다.

별

이 별을 밟으면

난 새로운 마음을 갖게 된다.

은하수 Milky way

템즈강에서 불어오는 바람이 나를 반긴다.

그 바람에 이끌려 발걸음을 옮기는 나.

어느 순간에 발걸음이 멈춘다.

눈앞에 펼쳐진 환상적인 야경.

넋을 잃는다.

세상은 이보다 더 아름다운 것을 내놓지 못하리

이처럼 장엄하고 감동스런 광경을

그대로 지나쳐 버린다면 그 것은 무딘 마음.

-워즈워스-

타워 브릿지의 두 얼굴

서늘한 바람 뒤편에
너의 붉이 따뜻한 못불을 만든다.
타오른다.
타오른다.
차가운 심장이 불빛에 녹아내린다.
- 템즈강을 바라보며-
n up London

템즈 강을 가로 지르는 다리 난간에 기대어

타 오르는 런던을 카메라에 담자 귓가에서는

Queen이 부른 'Don't Stop Me Now' 가 들려오는 것 같았다.

오늘밤 나는 홀로 즐거운 시간을 보내고 있지.
Tonight I'm gonna have myself a real good time

나는 살아있음을 느끼고 세상이 내안으로 들어오고 있음을 느끼지 예!
I feel alive and the world turning inside out Yeah

그리고 황홀함에 빠져들고 있다네
And floating around in ecstasy

그래서 지금 나를 막지 못한다네
So don't stop me now don't stop me

왜냐하면 나는 정말 정말 즐거운 시간을 보내고 있거든
'Cause I'm having a good time having a good time

나는 하늘 속으로 뛰어 드는 유성처럼
I'm a shooting star leaping through the sky

중력의 법칙을 거부하는 호랑이 처럼 말이야
Like a tiger defying the laws of gravity

나는 고다이바 여사처럼 차를 몰고 있다네
I'm a racing car passing by like Lady Godiva

나는 떠난 다네
I'm gonna go go go

나를 막을 수 있는 것은 이세상에 아무것도 없지
There's no stopping me

나는 하늘 속으로 타오르고 있지.
I'm burning through the sky Yeah!

200도의 온도로
Two hundred degrees

그것이 바로 사람들이 나를 '낭만자객' 이라고 부르는 이유이지
That's why they call me Mister

'낭만자객'

The M

ight of London

Big Ben & Underground

그렇게 유럽에서의 첫날 밤은

타고 남겨진 연기처럼

사라지고 있었다.

런던 시내로
침투하다

Full Energy

충전기에 꼽아둔 배터리는 아무 이상 없이 충전이 되어있다.

유럽에서 맞는 첫 잠자리였지만 불편함 없이 자서 그런지 내 체력 역시 Full Energy. 남들은 유럽에 와서 며칠 동안은 시차 때문에 고생을 한다는데, 내 몸은 프리미어리그에서 박지성 선수의 적응력만큼이나 단 하루 만에 유럽에 적응해가고 있었다.

이미 다른 여행객들은 아침부터 바삐 움직이더니 숙소에서 나갔고, 이 날도 민박집 주인장이 가장 싫어하는 여행객 연속 1등의 조짐을 보인 나 역시 전날 카메라에 담지 못했던 런던 시내로 침투하기 위해 숙소를 나섰다.

숙소를 나서자 구름 한 점 없는 청명한 런던 하늘이 가장 먼저 반긴다.

전날의 험난했던 여정과는 확연히 다르게 오늘은 시작부터가 순조롭다.

숙소에서 나선 시간이 출근시간이었던지 숙소 앞의 지하철 역은 다소 붐빈다.

런던의 출근길 풍광은 서울의 출근길 그것과 별 반 달라 보이지 않는다.

가장의 고민

생수 한 병을 사 들고, 런던 시내로 발 길을 옮긴다.

곳곳에 살아 숨쉬는 런던의 정취는 이 곳이 왜 여행객들의 마음을 끄는지 알 수 있다. 오랜 역사를 지닌 건물들은 독특한 색채를 뿜어내고 도로 위에는 런던의 명물인 빨간색 2층 버스와 아기자기한 소형차들이 조화를 이루고, 거리마다 놓여져 있는 벤치에서는 여유를 즐기는 런던인의 마음이 읽힌다. 전 날, 단지 카메라에 담지 못했다는 이유 때문에 이 모든 것들이 눈에 들어오지 않았던 것일까?

각양각색 (各樣各色)의 런던빌딩

마음 한 구석에 의문을 품어보지만 뚜렷한 대답은 들리지 않는다.

한 번 걸어 다녀봤던 곳이라서 그런지 가이드 북을 들여다보지 않고도 돌아다니는데 불편함이 없다. 새 소리와 바람에 흔들리는 나뭇잎 소리에 한적한 세상의 깊은 고요를 느낄 수 있는 그린 파크를 빠져 나오자, 런던의 위용을 떨치고 서 있는 사자상이 버킹엄 궁전을 지키고 서있고 변함없이 그 앞에는 말을 탄 기마 경찰들과 경비병이 근엄한 눈빛으로 돌아다니고 있다. 그러나 여전히 날 알아 보지 못하는 경비병. 섭섭한 마음을 감추지 못하고 발길을 돌렸다.

The Simbol of UK

LION

버킹엄 궁전을 지키는 근위병

어디로 가야 할지 방향은 정해 놓지 않은 채 터벅터벅 걷다보니, 찬 바람을 맞았던 트라팔가 광장에 다시 오게 되었다. 날씨가 좋아서 일까? 전 날보다 사람들이 훨씬 더 많았고, 그 수에 비례하여 비둘기들도 더 많아진 것 같았다. 트라팔가 광장의 중앙 계단을 올라서서 내셔널 갤러리 안으로 발걸음을 옮긴다.

이 곳에 꼭 한번 오고 싶었다.
그건 이 곳에 전시된 그림 중에 꼭 보고 싶은 그림이 있기 때문이다.
그 그림을 만난다는 설레임을 안고 내셔널 갤러리 안에 들어섰다.

무겁게 깔려있는 엄숙한 분위기.
평소, 미술관과 동물원 중에 동물원을 선택하는 나로서는 미술관의 이런 분위기가 낯설게만 느껴진다. 이런 나와는 다르게 이 곳에 있는 사람들은 각자의 개성대로 이런 분위기를 즐기고 있는 것처럼 보인다.

팔짱을 괴고 그림을 감상하는 사람.
팜플렛을 보면서 천천히 발걸음을 옮기는 사람.
중앙에 놓여진 의자에 앉아 먼 발치에서 그림을 보고 있는 사람.

뭔가 있어 보인다.
뭔가 있어 보이면 반드시 따라 해보는 나는 그들의 동작들을 하나 하나 따라 해 보았다.
알지도 못하는 그림 앞에서 팔짱을 괴어 보고, 영어로 쓰여져 무슨 말인지 모르는 팜플렛을 이리저리 넘겨보며 발걸음을 옮겨도 보고, 분위기 있어 보이는 여자 옆에 앉아 먼발치에서 그림을 보기도 했다.

그러자 이런 생각이 들었다.

'그들도 나처럼 흉내만 내고 있는 건 아닐까?'

그런 생각이 들자 내 자신이 바보스럽게 느껴진다.

이 곳에서 꼭 보려고 했던 그림을 찾아보기로 마음을 먹었다.

내셔널 갤러리 안은 워낙 넓고 복잡한 구조(동, 서, 북, 샌즈베리 관)라서 별도의 안내 책자 없이는 헤매기 마련이다. 이런 사실을 전혀 몰랐던 데다가 방향감각마저 떨어지는 나로서는 그림을 찾기가 쉽지 않았다. 그렇게 군중 속으로 사라져버린 사람 찾듯이 그림을 찾아 헤매던 중 시선을 끄는 작품이 보였다.

고속도로 휴게실 화장실에 걸려 있기도 하고

지하철 쉼터에도 걸려 있기도 한 그 그림.

그토록 찾아 헤매던 바로 그 그림.

빈센트 반 고흐의 '해바라기'

유럽에 오기 전 우연히 전기작가인 어빙스톤이 쓴 〈빈센트 빈센트 빈센트 반 고흐〉라는 책을 읽게 되었는데, 이 책은 글씨만 보면 선천성 만성피로가 세포 하나 하나를 잠식해가는 나도 단숨에 읽었을 정도로 흥미가 있었다.

자신의 귀를 자르면서까지 그림에 대한 열정을 멈추지 않았던 예술가의 근본적인 정신을 지닌 빈 센트 반 고흐. 책을 다 읽고 나자 나도 모르게 반 고흐에게 매료되어 있었다. 그래서 반 고흐의 대표적인 그림인 '해바라기'가 이 곳에 있다는 것을 알고 꼭 한번 오고 싶었다.

'효과를 과감하게 과장해야만 하네,

조화를 통해서건 부조화를 통해서건…

그리고 그걸 만들어주는 것이 바로 색채라네.'

'예술가는 과장할 자유를, 그리고 소설 속에서

지금 우리들의 세상보다 좀 더 아름답고, 좀더 단순하고,

좀 더 위안을 주는 세계를 창조할 자유를 갖고 있다.'

어닝스톤 〈빈센트 빈센트 빈센트 반고흐〉中에서.

사실 반 고흐의 자서전을 읽기 전 이 그림에 대한 생각은 굉장히 단순했다.

"이까이꺼 그냥 ~ 대충~노란색 물감 섞어가지고, 붓으로 휙휙~

휘저으면 되는 거 아냐?!"

그러나 그의 인생을 들여다보고 난 후, 이 작품을 대하는 시선은 달라졌다.

노란색의 강렬함, 그것은 반 고흐의 정열이었다.

태양처럼 타오르는 꽃 잎, 그것은 반 고흐의 생명이었다.

해바라기, 그것은 반 고흐 그 자신이었다.

그의 열정적인 붓 터치와 생생한 색채, 그리고 화가의 삶이 느껴지는 거친 질감

을 직접 눈 앞에서 보고 있자니 왜 이 그림이 그가 죽은 200년이 지난 후에도

열렬하게 사랑을 받는지 알 수 있었다. 여전히 그림 속에서 살아 숨쉬는 그의

열정에 경의를 표하고 발걸음을 렘브란트의 방으로 옮기었다.

렘브란트 방에서 흥미로웠던 것은 늙은 렘브란트의 자화상과 젊은 렘브란트의 자화상이 서로 마주보고 있던 것이었다.

젊었을 때는 한 창 잘 나가다가 늙어서는 아무 것도 남지 않아 처량한 노인이 된 렘브란트. 늙은 렘브란트는 자신 앞에 서 있는 나에게 말을 건다.

젊은 렘브란트의 자화상

늙은 렘브란트의 자화상

"어이~ 풋내기, 난 젊었을 때 그림 밖에 모르고 살았어. 내 야망을 충족하기 위해 젊음을 소비했지. 하지만 내가 죽을 때, 내 주위에는 아무도 없었어. 아내도, 자식도, 친구도. 그 어느 누구도 없었지. 내 주위에는 오직 옷 몇 벌과 그림 도구뿐이었어. 풋내기~ 명심해! 야망이라는 건 지나고 나면 아무짝에도 쓸모 없다는 것을…"

처연한 목소리, 그의 눈에서는 쓸쓸함이 느껴졌다.

과연 인생에서 중요한 건 뭘까?

나도 그처럼 하루하루 무언가를 이루기 위해 젊음을 소비하고 있는 건 아닐까?

스스로의 물음에 애써 대답을 회피한 채 유유히 내셔널 갤러리를 빠져 나왔다.

다음으로 찾아간 곳은 **국립초상화 박물관**(National Portrait Gallery).

안으로 들어서자 정체 모를 힘이 나를 강력하게 끌어들였다.

그 힘에 이끌려 간 곳은 영국왕실 로얄 패밀리의 초상화가 전시되어 있는 2층

이었다.

'대체 누가 날 이끄는 것일까?'

발걸음이 멈춘 곳. 그 곳에는 그녀의 초상화가 걸려 있었다.

다이애나비 초상화

바로 다이애나 황태자비의 초상화.

왜 그녀가 날 이 곳에 부른 것이지?

내 마음의 목소리가 그녀에게 전달되었는지 그녀가 그 의문을 풀어주었다.

"사람들은 날 마릴린 먼로와 비교하곤 해. 하지만 난 그녀와 비교되고 싶지 않아.

그건 그녀처럼 빨리 죽어서가 아니라, 사랑을 이루지 못하고 죽어서야. 난 이 세

상에서 사랑을 이루고 싶었어. 낭만자객! 부탁이야. 내 죽음의 비밀을 밝혀줘~"

그녀의 목소리를 듣고 나서야 내 꿈 속의 그 모든 잔상과 버킹엄 궁전을 처음 보았을 때 느꼈던 알 수 없는 떨림의 이유를 알게 되었다. 그녀는 자신의 미스터리 한 죽음의 비밀을 풀기 위해서 날 찾고 있었던 것이었다.

캐네디 대통령 암살 사건의 뒤를 이어 세계 2대 암살 미스터리로 남아있는 그녀의 죽음.

파파라치의 추적을 피하다가 교통사고로 죽은 그녀가 사고 10개월 전 자신이 살해당할 것이라고 쓴 친필 편지를 비롯하여, 그녀의 죽음을 야기한 프랑스 정보 기관의 프락치 운전사와 미국 정보 기관의 도청 사실 등도 음모론의 불을 지피는 것 중에 하나이다.

물론 지금까지는 뚜렷한 증거가 밝혀지진 않았지만 아직도 런던인들의 절반 이상이 그녀의 죽음을 석연치 않게 생각하고 있는 것이 사실. 고장 난 배터리 사건을 완벽하게 해결해 낸 나를 그녀가 찾는 것은 새삼 놀라운 일이 아니었다.

"다이애나 진실을 반드시 밝혀줄께."

새로운 소명을 안고 국립 초상화 박물관을 나온 시간은 오후 2시.

이미 점심 시간이 훌쩍 지났다.

숙소에서 간식으로 싸준 샌드위치를 먹었지만 오히려 허기를 더욱 날 뛰게 만들 뿐이었다. 허기를 잠재우기 위해 찾아간 곳은 한국에도 널려있는 **맥도날드**.

맥도날드는 유럽 여행을 다니는 사람들에게 가장 중요한 곳 중에 하나라고 해도 과언이 아니다. 그 이유는 간단하게 끼니를 때울 수 있어서가 아니었다. 바로 **화장실** 때문이었다.

유럽은 우리나라처럼 공용 화장실이 거의 없다고 봐야 한다. (런던은 무료) 있다고 쳐도 전부 유료이기 때문에 여행객들에게는 생리현상 자체가 부담이 되기 마련이다.

X싸는 것만 아껴도 하루 숙박비는 벌 수 있기 때문에, 저렴한 여행을 추구하는 여행객들 중에는 꾹 참았다가 일주일 분량을 한 번에 배설하는 사람도 종종 있다. 그나마 맥도날드 화장실이 다른 화장실 보다 저렴하면서도 곳곳에 널려있어서 여행자들은 이곳을 이용한다.

그러나 맥도날드 화장실만 이용하게 되면 특이한 증세를 겪기도 한다. 바로, 맥도날드만 보면 X을 눠야 한다는 강박관념이 생겨 한국에 와서도 맥도날드만 보면 화장실을 가는 증세이다. 나 역시 한국에 돌아와서 이 증세를 피해가지 못했다.

여행객들이여, 가끔은 KFC도 이용하기 바란다.   – 낭만자객 日 –

오페라의 유령 전용극장 앞

빅맥 버거를 단숨에 해치우고 발 길을 옮긴 곳은 뮤지컬 전용 극장이 몰려있는
West End였다. 이곳에서 내가 찾아간 곳은 〈오페라의 유령〉 전용극장.
가스통 르루의 소설로도 유명하지만, 런던의 천재 뮤지컬 작곡가인 앤드류 로
이드 웨버의 환상적인 음악이 수록된 뮤지컬로도 유명한 〈오페라의 유령〉
뮤지컬의 본 고장인 런던에서 〈오페라의 유령〉만큼은 꼭 한 번 보고 싶었다.
런던에 온 가장 큰 이유도 바로 이 때문이었다.

외로움의 아이야
Child of the wilderness

공허에서 태어난 아이야
Born into emptiness

외로워지는 법을 배우렴
Learn to be lonely

어둠 속에서 너의 길을 찾는 법을 배우렴
Learn to find your way indarkness

누가 널 위해 곁에 있어주든
Who will be there for you

누가 널 위해 곁에 있어주든
Comfort and care for you

누가 널 보살펴 주든
Learn to be lonely

외로워 지는 법을 배우렴
Learn to be your one companion

오페라의 유령 수록곡 中 크리스틴이 유령에게 불러주는 노래 〈Learn To Be Lonely〉

"그래~ 크리스틴. 네 말대로 외로워지는 법을 배우기 위해 난 이렇게 떠나 온 거야…"

하지만 오늘 이 공연을 보게 된다면 런던에서 빨리 떠나야 할 것 같았기에 그녀의 노래는 떠나기 전 날 쯤에 듣기로 마음을 먹고 발길을 돌렸다.

다음으로 내가 찾아간 곳은 하이드 파크와 켄징턴 파크에 둘러 쌓인 켄징턴이었다. 이 곳에는 미생물부터 맘모스의 뼈, 공룡의 화석이 전시되어 있는 자연사 박물관, 아폴로 10호와 라이트 형제의 비행기 모형이 전시되어있는 과학 박물관, 공예품 컬렉션으로는 세계 최고를 자랑하는 빅토리아&앨버트 미술관, 추리소설의 대표적인 인물 셜록홈즈 박물관 등 다양한 박물관이 자리잡고 있다. 이 중에 내 발 길이 향 한곳은 Baker street에 있는 **셜록홈즈 박물관**이었다.

어렸을 때부터 코난도일이 쓴 '셜록홈즈 추리소설' 의 광팬이었기에 이 곳을 그냥 지나칠 수가 없었다. 6파운드(12,000원)의 입장료를 주고 들어간 이 곳은 홈즈 소설에 나오는 사건 별로 모형을 만들어서 소설을 읽어 본 사람들에게 쏠쏠한 재미를 안겨 주는 곳이었다.

홈즈의 추리소설 中 '입이 삐뚤어진 사나이'

셜록홈즈와 그의 친구 왓슨

홈즈가 왓슨에게 한 말이지만 마치 그가 내게 하는 말처럼 들렸다.

지금 이 여행이 분명 편안하고, 여유롭지만은 않을 것이다.

어떤 순간에는 거센 돌풍을 만날 수 있고, 또 어떤 순간에는 절벽에 몰릴 수도 있다. 하지만 홈즈의 말대로 이 모든 것이 신이 내게 내려 주시는 선물이라고 생각한다면 난 분명 거센 폭풍이 사라지고 나서 더욱 찬란한 햇살을 볼 수 있을 것이다.

셜록홈즈 박물관을 빠져 나와서 찾아간 곳은 그리 멀리 떨어져 있지 않은

마담 투소 (Madane Tussauds)였다.

가이드 북을 통해 헐리우드 스타들 뿐만 아니라, 세계 각 분야 유명인들의 실물을 본 뜬 밀랍 인형이 전시 되어 있다는 것을 알게 되어 흥미를 느꼈던 나는 20파운드 (4만원)가 넘는 어마어마한 입장료를 지불하고 이 곳으로 들어갔다.

저녁 5시 이후에는
13~15파운드로 가격이 할인된다.
이 사실을 몰랐던 난
저녁 4시 40분에 들어갔다.

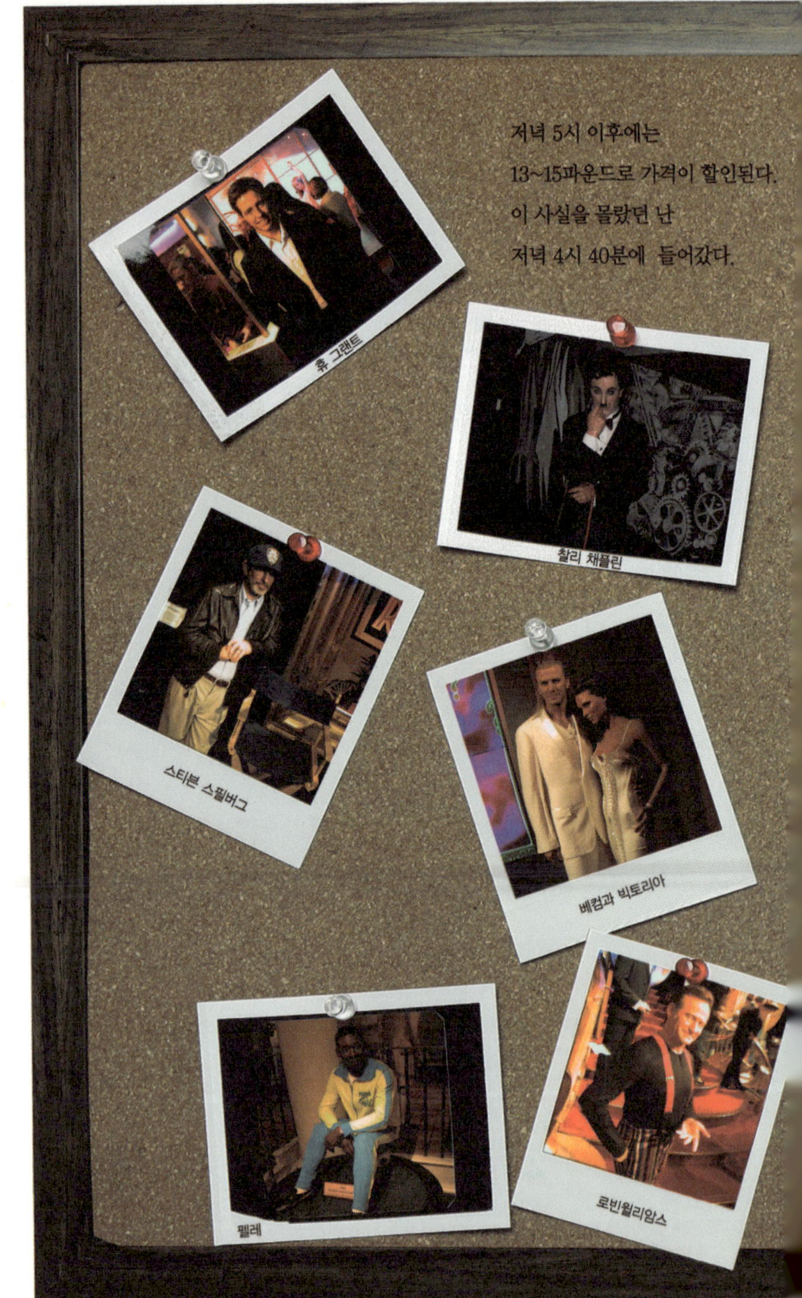

휴 그랜트
찰리 채플린
스티븐 스필버그
베컴과 빅토리아
펠레
로빈 윌리암스

다이애나

후세인

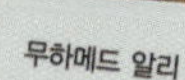

무하메드 알리

비틀즈

들어오자 마자 혼자 들어오면 후회한다는 것을 깨달았다.

이 곳은 유명인사의 밀랍인형과 함께 사진을 찍을 수 있는 곳으로, 혼자 들어오면 들어온 이유가 없는 것이나 마찬가진 것이다. 그 동안 찍은 셀카도 여기에서는 한계가 있었다.

어쩔 수 없이 얼굴에 철(Fe)성분을 들이 붓고 옆에 있는 흑인 여자에게 카메라를 들이밀며 'Please'라고 말했다. 그러자 그녀는 친절한 미소를 짓더니 내게 밀랍인형 옆에 서라고 말했다.

'찰 칵'

그녀의 친절함에 짧은 고마움을 표하고 카메라를 돌려 받았다.

얼굴이 뭉개져 있는 내 사진.

사진이 흔들려서 내가 나를 못 알아볼 정도였다.

김국환 氏의 노래 가사 "내가 나를 모르는데. 넌들 나를 알겠느냐?"를 그 흑인 여자에게 불러 주고 싶었지만 이미 그녀는 내게 카메라를 넘겨주고 사라진 터였다.

이번엔 일본인 남성.

"Close up Please~!"

그에게 클로즈 업(얼굴중심)으로 찍어달라고 부탁하고 나서 엉덩이를 빼고 밀랍 인형에게 얼굴을 가까이 들이 밀었다.

'찰 칵'

엉덩이를 어벌쩡하게 뺀 전신사진.

내 스스로가 추하다고 느낄 정도였다.
카메라를 조용히 가방 속으로 집어 넣었다.
결국 내가 선택한 것은 마담투소 자체 내에서 영국의 로얄 패밀리와 함께 찍어주는 무려 5파운드나 되는 기념 사진이었다.

영국황실 밀랍 인형

실제 모습과 크기가 똑같이 생긴 밀랍 인형 때문에 이 사진은 마담투소에 대해서 잘 알지 못하는 사람들에게는 실제 그들과 함께 찍은 사진처럼 보였다. 여행을 다니면서 심심할 때면 이 사진을 가지고 장난을 치곤 했다.

"버킹엄 궁전에 갔는데 그날 우연히 여왕의 생일이라서 민간인들의 방문을 허용한거야. 그리고 여왕을 비롯한 영국왕실 사람들과 함께 사진을 함께 찍을 수 있는 기회를 단 두 명한테 줬는데, 그 중 한 명이 바로 나였어. 푸하하하하"

사람들의 반응은 딱! 두 가지로 나뉘었다.

반응 1

"우와 진짜~ 부러워요."

반응 2

"G~ 랄하네~"

마담 투소에는 이렇게 나처럼 혼자 돌아다니는 이도 몇몇 있긴 했지만 대부분이 가족이나 연인, 친구들과 함께 온 여행객들이었다.

'누군가와 함께 이 곳에 왔더라면 더욱 즐거운 시간을 보낼 수 있었을 텐데…'

마담투소는 2개월이라는 기간을 홀로 지내려 했던 나에게 단 이틀도 채 안 돼서 극심한 외로움을 느끼게 만들었다.
크리스틴(오페라의 유령 여주인공)에게 말햇다.

"크리스틴~ 나 외로워지는 법을 배우러 여행을 떠난 것이 아니었나봐. 이제 혼자 다니는 게 싫어졌어…"

크리스틴은 어떠한 대꾸도 하지 않았다.
오직 쓸쓸한 런던의 가을 바람만이 스쳐지나갈 뿐이었다.
저녁 시간에 맞추어서 숙소에 들어가자 숙소에는…

새로 온 여행객이 들어와 있었다.

낭만자객 화보집

숙소는 평소와 달리 소란스러웠다. 소란스러움의 진원지는 주방 같았다.

좁은 복도를 지나서 주방 안으로 들어서니 길다란 식탁 의자에 두 남자가 앉아 있었다.

한 남자는 연한 갈색 재킷을 걸치고 은테 안경을 쓴 신문기자 스타일이였고 다른 한 남자는 화려한 줄무늬 니트를 입고 검은색 빵모자를 쓴 보헤미안 스타일이었다. 그러나 의외로 이 둘은 생김새와는 다른 일들을 하고 있었다.

신문기자같이 생긴 남자는 **대한축구협회**에서 일하는 스포츠 맨이었고 보헤미안 스타일의 남자는 런던 대학으로 생물학 박사과정을 밟으러 온 유학파였다. 그리고 이 둘은 나이와 얼굴도 상반되었다.

축구협회 형은 서른살을 갓 넘긴 나이였지만 얼굴은 서른살을 훌쩍 넘긴 듯 보였고, 유학생 형은 서른살을 훌쩍 넘긴 나이였지만 이십대 후반으로 보이는 얼굴이었다.

이 둘은 주방에서 헤컴 형에게 정보를 얻고 있는 중이었다.

영국 클럽 축구경기 관람 때문에 런던에 온 축구협회 형은 축구 경기장에 가기 위한 교통편을 알아보고 있었고, 런던 대학에 입학했지만 아직 거처를 마련하지 못해서 거처를 마련할 때까지 민박집에 있기로 한 유학생 형은 숙소 정보를 알아보고 있었다.

이들 외에 숙소에는 자매끼리 유럽 여행을 온 여자 두 명이 있었는데, 이들은 숙소에 들어오면서 부터 티격태격 다투고 있었다.

그 이유는 서로 때문에 숙소를 찾는데 헤맸다는 것이었다.

옆에서 얼핏 얘기를 들어보니, 둘 다 제대로 된 숙소 정보를 가지고 있지 않은데도 자기의 의견이 옳다고 우기고 있는 것이었다. 옆에서 그녀 둘의 얘기를 듣고 어이없어 하던 우리들을 대표해서 헤컴 형이 나섰다.

"그만 싸워~ 둘 다 틀렸으니까~!!"

그러자 그녀 둘은 서로에게 '거봐~ 너도 틀렸잖아. 근데 왜 잘난 척이야.' 라며
오히려 더 삿대질 하고 난리 부르스를 추었다.

게다가 그녀들은 굉장히 독특한 여행 일정으로 이곳에 왔다.

총 15일 일정에 무려 7개국 투어.

런던에서 체류하는 시간은 잠자는 시간 포함해서 20시간.

마치 런던에서 스톱오버(비행기를 타고 가다가 다른 비행기를 타기 위해 잠시
머무르는 장소)하는 것 같았다.

헤컴 형이 왜 일정을 이런 식으로 짰냐고 묻자 그녀 둘은 서로를 가르키며 한
목소리로 말했다.

"얘가 그렇게 하자고 했어요."

우린 만장일치로 그녀들에게 **덤 앤 더머 자매**라는 별명을 붙여주었다.

다음 날 아침.

오늘도 역시나 계획이 없는 나.

하지만 평소와 다른 것은 나와 같은 처지의 여행객들이 여럿 있다는 것이었다.

마땅한 거처를 마련하지 못해서 이 날 역시 민박집에서 머물기로 한 유학생 형.

축구 경기가 다음 날이라서 특별한 계획을 세워두지 않은 축구협회 형.

그리고 런던에 머무는 시간이 20시간도 채 안 되는데도 무계획으로 온

덤 앤 더머 자매.

아침을 먹고 나서 숙소에 남아 있는 여행객은 이렇게 다섯 명 뿐이었다.

다들 혼자 다니기는 싫은 눈치. 그러나 어느 누구도 선뜻 나서는 사람이 없었다.

A형의 침착함과 B형의 추진력을 두루 겸비한 AB형의 피를 지닌 내가 이들에
게 조심스럽게 말을 꺼냈다.

"저기 오늘 같이 다닐래요?"
그러자 이들은 이 말이 나오기만을 기다렸다는 듯 꿀을 발견한 벌처럼
적극적인 반응을 보였다.

단 15초만에 나갈 준비를 마쳤고, 단 30초만에 숙소를 빠져나왔다.

옆에서 이런 우리들을 넌지시 지켜보던 헤컴 형이 걱정스러운 말투로 말했다.
"갈 곳은 정했어요?"
어느 누구도 헤컴 형의 물음에 답하는 사람이 없었다.
다들 서로의 얼굴들만 멀뚱멀뚱 쳐다보고 있을 뿐이었다.
그러자 헤컴 형이 어이없다는 표정을 지으며 말했다.
"대영 박물관은 갔어요?"
우리들은 60도 각도를 유지하며 고개를 저었다.
헤컴 형이 한 숨을 쉬며 말을 이어갔다.
"그럼 대영박물관 가요. 런던에 왔으면 거긴 가봐야지…"
우리들은 90도 수직 각도를 유지하며 고개를 끄덕였다.
목표지까지 정해진 우린 지체할 틈 없이 곧장 대영 박물관을 향해 발걸음을 옮겼다.

가이드 북에 있는 지도를 보며 앞장서서 걷는 예비역 조교 출신의 낭만자객.
딸리는 우리들의 영어를 완벽하게 커버해주는 유학생 형.
축구관련 얘기들을 해주면서 발걸음에 기름칠을 해주는 축구협회 형.
언제 티격태격했내는 듯, 서로 사진을 찍어주는 덤앤 더머자매.

이들이 바로 오합지졸 드림팀 멤버들이었다.

대영 박물관에 도착한 우리들의 입에서는 똑같은 말이 튀어나왔다.

"와~ 크다."

말 그대로 '대형' 박물관이었다.

대영 박물관은 그 물량과 규모만으로도 놀라움을 주기에 충분했다.
세계의 희귀한 유물과 세계사 시간에 얼핏 보았던 유물들이 곳곳에 전시되어
있었다. 가이드 북을 보니 영국이 잘 나가던 시절 식민지 나라에서 탈취한 유적
들이라고 적혀 있었다. 그나마 영국은 양심은 있는지 돈을 받지 않고 관광객들
을 받아주고 있었다.

대영 박물

람세스 2세 상

파르테논 신전 조각

어느 덧, 시간은 오후 1시를 지나가고 있었다.

허기가 진 우리들은 박물관을 빠져 나와 바로 앞에 있는 계단에 앉아 숙소에서 싸준 샌드위치를 꺼내 들었다. 각자 샌드위치를 꺼내 드니 마치 피크닉을 온 것 같은 느낌이 든다.

우린 샌드위치를 한 입씩 베어 무는 서로를 쳐다보며 미소를 지었다.

이런 우리들 사이로 지나쳐가는 한국인 여성.

한국인이라는 것 을 알 수 있었던 것은 그녀의 손에 들려있는

육개장 컵라면 때문이었다.

행복하게 샌드위치를 한 입씩 베어 물고 있던 우리들은 자신들도 모르게 샌드위치를 슬쩍 내려놓았다.

서로가 말은 안 했지만 같은 생각을 하고 있는 게 분명했다.

'아~ 라면 먹고 싶다.'

우린 하이에나 떼처럼 육개장 컵라면을 먹고 있는 그녀를 하염없이 쳐다보고만 있었다.

바람을 따라 솔솔 불어오는 디진 국물 냄새.

그녀의 입 속으로 들어가는 꼬불꼬불한 면발.

차가운 런던 바람을 녹여줄 따뜻한 라면 국물.

그때 내 입에서 무의식적으로 말이 불쑥 튀어 나왔다.

"저… 한 입만 주세요."

순간 정적이 흘렀다.

대영 박물관을 함께 돌아다니면서 친해진 '오합지졸 드림팀' 멤버들은 나를 모르는 사람이라는 듯 내게 등을 돌린다.

무의식적으로 흘러 나온 말이었기에 당황스러운 건 나도 마찬가지.

하지만 누구보다도 가장 많이 당황스러워한 건 바로…

라면 면발을 입 속에 집어 넣으려던 **그녀**였다.

그녀는 줄 생각이 없다는 듯 컵라면을 손에 꽉 쥐며 말했다.

"저기 앞에 나가면 한국인 슈퍼마켓 있어요. 그 슈퍼마켓에서 사시면 되요."

그녀의 말이 떨어지기가 무섭게 곧장 한국인 슈퍼마켓으로 달려갔다.

샌드위치는 비둘기에게 던져 준 채로…

수영장에서 먹는 컵라면.

군대에서 훈련 받고 난 뒤에 먹는 컵라면.

대영 박물관 앞에서 먹는 컵라면의 맛은 그 이상이었다.

라면을 단숨에 해치우고 나서 축구협회 형이 말했다.

"이제 어디로 가지?"

그의 말에 나서는 사람은 없었다.

나 말고는 다들 런던 시내가 처음인 사람들.

축구협회 형이 가이드 북을 한 번 훑어 보더니 입을 열었다.

"버킹엄 궁전? 여기 갈까?"

유학생 형이 나를 슬쩍 쳐다봤다.

"거기 갔다 오지 않았어?"

내가 그의 말에 고개를 끄덕이자 축구협회 형이 가이드 북을 다시 훑는다.

그는 가이드 북에서 별 숫자가 많은 곳 만 찾았다.

"그럼… 트라팔가? 트라팔가 광장? 아니면 런던아이? 빅밴도 별이 3개네?"

그의 말에 다들 나를 쳐다 보았다.

"저 신경 쓰지 마요. 전 또 가도 상관없어요."

그러자 덤 앤 더머 자매 중에 언니가 내 말을 잘랐다.

"에이. 전부 처음 가보는 데에 가야 재미있지. 뭐 다른 데 없어요…?"

그녀의 말에 축구협회 형이 다시 가이드 북을 뒤적거리더니 입을 열었다.

"런던탑도 별 3개네?"

그들의 시선이 내게 꽂혔다.

"안 가봤어요."

내가 이렇게 말하자 다들 환한 미소를 짓더니 자리에서 일어났다.

Tower hill역에 내리자 아침부터 짙은 회색 구름에 덮여있던 하늘에서는 가느다란 보슬비가 내리고 있었다. 런던의 찬 공기 위에 보슬비가 피부에 닿자 서늘함이 몸에 짙게 베였다. 특히, 런던의 9월 날씨가 이렇게 추울 줄 몰랐다며 두꺼운 옷을 준비해 오지 않은 덤 앤 더머 자매는 수영장 물에서 방금 나온 것 마냥 부들부들 떨고 있었다. 축구협회 형이 그런 그녀들에게 말했다.

"뛰어…"

선수들에게나 하는 말을 그녀들에게 내뱉자 그녀들은 어이없다는 듯이 그를 쳐다봤다.

"옷 좀 벗어줘요."

그녀들의 말에 괜히 딴청 피우는 척하는 축구협회 형.

이 때, 화장실에 잠시 다녀온다던 유학생 형이 돌아왔다.

그것도 손에 무언가 잔 뜩 들고

그의 손에 들려있는건 바로 **'별다방 (StarBucks) 커피'** 였다.

여행을 다녀 본 사람들이라면 알 것이다.

한국에서 커피를 사주는 건 그리 대수롭지 않은 일일 수도 있지만 외국에 나와서

한 푼이라도 아끼려는 여행객들에게 커피를 한 잔씩 사주는 건 정말로 흔치 않은

일이라는 것을...

유학생 형은 우리에게 커피를 한 잔씩 나눠 주면서 말했다.

"뭘 좋아하는지 몰라서 그냥 모카로 통일했는데… 괜찮을라나 모르겠네…"

다들 그의 센스에 감명받은 눈치다.

특히 덤 앤 더머 자매는 그가 배용준인 양 일본인 아줌마들처럼 좋아 날뛰었다.

"오빠. 진짜… 너무너무 멋져요. 정말 최고예요… 누구랑 참 다른 것 같아요."

그녀들의 시선이 자신에게 꽂이자 머쓱한 듯 시선을 피하는 축구협회 형.

"어… 커피 맛 좋다…"

그는 이렇게 한 마디 쓰윽 내뱉고 런던탑으로 발걸음을 옮겼고, 그런 그를 바

라보며 미소짓던 우리도 그를 따라 발걸음을 옮겼다.

어느새 런던의 서늘한 바람은 따뜻한 커피 때문인지, 아니면 유학생 형의 훈훈한

마음 때문인지 자취를 감추었다.

- 커피 한 잔 -
보슬비가 어깨를 적시는 날
내 몸을 스치는 차가운 바람
짧은 여유를 찾는 순간
손 안에 든 따뜻한 커피 한 잔.

따뜻한 마음은 전달 된다는 말처럼 내게도 유학생 형의 마음을 누군가에게 주고 싶은 마음이 생겼다.

카메라가 없어서 사진을 찍지 못하는 유학생 형.
귀찮아서 사진을 찍지 않는 축구협회 형.
대영 박물관에서 유물사진만 열심히 찍어대더니 배터리가 모두 닳아버려서 사진을 못찍는 덤 앤 더머 자매.

이들의 공톰점은 사진을 찍지 않는 다는 것이었다.
이들에게 런던탑 안에서 화보집 놀이를 하자고 제안했다.
그건 런던탑을 배경으로 마치 연예인들처럼 포즈를 취하면서 사진을 찍자는 거였다.
다들 반기는 눈치.
들뜬 발걸음으로 런던탑 안으로 들어갔다.
런던탑은 탑이라고 불리우지만 중세에 지어진 성의 모습이었다.

가이드 북에는 이런 겉모습과는 달리 실제로는 거의 투옥이나 고문, 처형 장소로 사용되었다고 쓰여져 있었다.

그러나 우리에게 런던탑의 역사나 고증은 관심 밖이었다.

단지 화보집 촬영 배경으로 너무도 잘 어울리는 이 곳에서 화보집 놀이를 즐길 뿐이었다.

여행을 다니면서 내게 런던에서 가장 좋았던 곳이 어디였냐고 묻는 사람들이 종종 있었다.

그럴 때마다 나는 런던탑이라고 대답했다.

그러면 그들은 내 말에 고개를 갸우뚱거렸다.

"비싼 입장료 주고 들어간 것 치고는 사실 별로 였는데."

이들은 이렇게 말하며 왜 나에게 런던탑이 베스트가 되었는 지 궁금해했다.

그런 그들에게 말했다.

"그 곳에서 함께 시간을 보냈던 사람들 때문이야. 그들이 내게 그 곳을 가장 좋게 만들었어. "

나는 깨달았다.
여행에서는 장소가 중요한 것이 아니었다.

중요한 건 누구와 함께

시간을 보내느냐는 것이었다.

타워 브릿지를 바라보다

런던탑을 빠져 나와 타워 브릿지 앞에서도 화보 촬영을 하던 우리들의 눈에 들
어온 건 템즈강 선박장에 선박 되어 있는 유람선이었다

우리 중 누구도 유람선을 타는데 주저 하지 않았다.
지금의 시간이 나중에 멋진 추억이 될 것이라는 것을 모두 알고 있었기 때문이
었다.

내일부터 기숙사를 알아보러 다닌다는 런던 유학생 형.
내일 아침 축구를 보러 리버풀로 떠나는 축구 협회 형.
짧은 일정 때문에 오늘 저녁 프랑스로 떠나야 하는 덤앤 더머 자매.

이 날이 우리에겐 처음으로 같이 하는 동행이자 마지막 동행이었다.
하지만 우리는 헤어짐을 알면서도 지금 이 순간을 함께 즐기고 있는 것에 너무나
만족하고 행복했다.

난 여행을 다니던 순간에도, 시간이 훌쩍 지난 지금도 이들에게 고마움을 느낀다.
만약 이들과 함께 한 시간이 재미없고, 따분했다면 내 여행에 동행자는 아마도
없었을 것이다.

이들 덕분에 너무도 좋은 추억을 간직하게 되었고
이들 덕분에 내 여행에 수많은 인연들이 만들어졌고
이들 덕분에 여행의 가치관도 바뀌었다.

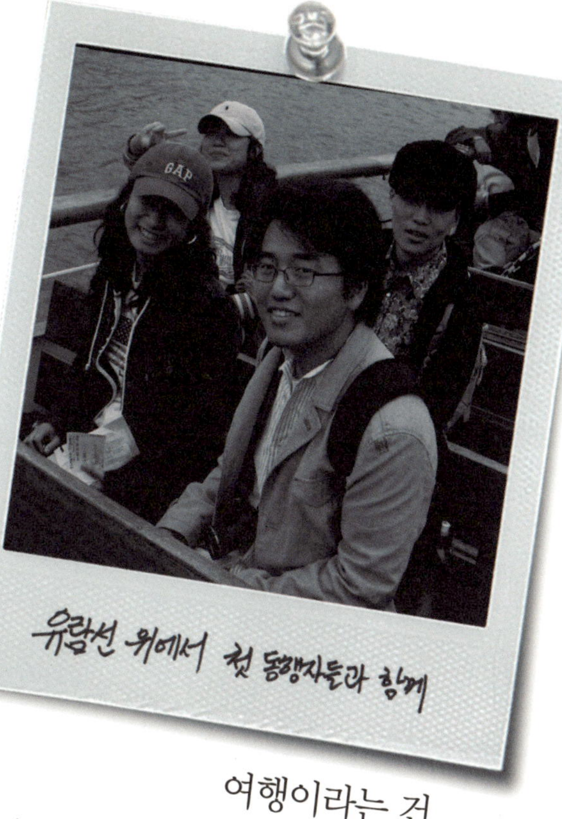

유람선 위에서 첫 동행자들과 함께

여행이라는 건

'보고 느끼는 것보다

즐기는 것이 우선이다.'

낭만자객

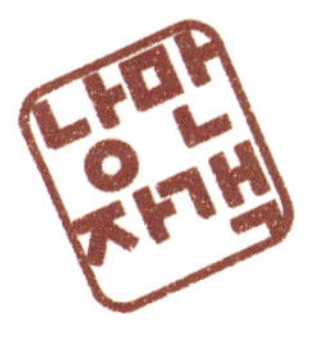

그들과의 첫 만남

짧은 일정으로 유럽여행을 온 덤앤 더머 자매.

15일 동안 7개국을 돌아보아야 했기에 런던에서 단 하루 밖에 있지 못한 채 파리로 떠나야 했다. 처음에는 옥신각신 하던 모습만 보여주던 그녀들이었지만, 시간이 지나자 서로를 챙겨주고 아껴주는 그들의 마음이 더 자주 비추었다.

조그만 일에도 즐거워하고 행복해하던 그들이었기에, 비록 짧은 일정이지만 분명 멋진 추억들을 많이 만들 것이라고 확신했다.

"잘 가~ 한국가면 사진 보내 줄께."
"응~ 오빠~ 덕분에 즐거웠어. 남은 여행도 잘해. 안녕"

몇 시간 전만 해도 알지도, 보지도 못했던 사람들이었는데 이렇게 아쉬움이 크게 느껴진다는 것은, 서로가 서로에게 마음의 문을 열었다는 것이었다.

떠나는 사람보다는 남겨진 사람의 허전함이 더 큰 법.

하지만 헤어짐이 있어야 새로운 만남이 있다는 것을 만월 선생님이 누누이 얘기하지 않았던가!

만월 선생님의 가르침대로 숙소에는 새로운 만남이 기다리고 있었다.

얼핏 보면 미국 배우 '에단 호크'를 닮았고, 자세히 보면 룰라의 고영욱을 닮은 청년. 20대 초반으로 보이는 그. 여행객과는 다소 어울리지 않는 세미 힙합 바지에 썬캡 모자를 쓴, 1999년도 클럽복장 차림의 그는 나를 보자마자 다짜고짜 질문들을 쏟아냈다.

"여기 얼마나 머물렀어요?"

"런던에 볼 만한 곳이 어디에요?"

"뮤지컬 보셨어요?"

"주인 형 어때요?"

"샤워 시설은 괜찮아요?"

끊이지 않는 질문들.

외국에 나온 여행객들 중에, 특히 나이가 어린 친구들은 새로운 환경에 홀로 있다
보면 불안감이 생기기 마련. 그는 아직 군대도 가지 않은 나이, 스물 두살이었
기에 나는 그의 질문에 성심성의껏 대답해주었다.

하지만 이 친구는 나를 〈호기심 천국〉의 PD로 착각한 것 같았다.

"형은 유럽 여행을 왜 오신 거예요?"

"형은 얼마 가지고 오셨어요?"

"형은 이제 어디로 갈 거예요?"

"형은 어쩌구 저쩌구?"

"형은 어쩌구 저쩌구?"

"형은 어쩌구 저쩌구?"

"형은 어쩌구 저쩌구?"

"형은 어쩌구 저쩌구?"

그가 '형은 어쩌구 저쩌구?' 라고 한 번만 더 하길 기다렸다.

한 번만 더 하면 그의 입술에다가 강력 본드를 2통쯤 쳐 바를 생각이었다.

하지만 그의 입에서 '형은 어…' 까지 나오려던 순간, 그에겐 다행히도 헤컴 형이 주방으로 들어오는 바람에 질문이 끊기었다.

그러나 내게 쏟아지던 질문의 화살촉이 헤컴 형에게 방향만 틀었을 뿐이었다.

"여기서 민박집하면 한 달에 얼마 벌어요?"

"노랑 머리 누나랑 형이랑 얼마씩 나눠요?"

"보통 식비는 얼마 정도 쓰세요?"

"노랑 머리 누나랑 형이랑 무슨 관계요?"

나는 사생활과 돈 얘기는 꺼려 하는 편이라서 3일 동안 이곳에 머물면서도 묻지 않은 터였는데 이 친구는 그런 것에 전혀 아랑곳하지 않았다.

무개념

군대를 다녀오지 않아서 그런건지 개념 자체가 눈꼽만큼도 보이지 않았다.

나는 이 날 이후, 에너자이저 호기심을 가진 그를 **호기심 보이**라고 부르게 되었다.

호기심 보이의 질문 융단 폭격을 맞은 헤컴 형이 멋쩍은 미소를 짓다가 조용히 주방을 빠져 나가자마자 마치 프로레슬링 테그매치처럼 새로운 여행객이 주방 안으로 들어왔다.

짧은 스포츠 머리에 굵은 턱선, 180센티미터가 넘는 키에 다부진 체격의 남자
와 어깨까지 내려오는 단발머리에 날카로운 턱선, 너무도 말라서 뼈 밖에 안 보
이는 여자였다. 이 남녀가 무슨 관계일까 궁금했으나, 호기심 보이 때문에 이
둘의 관계는 쉽게 밝혀졌다.

"몇 살이세요?"
"무슨 사이세요??"
"돈은 얼마 가지고 오셨어요???"
"어떻게 돈을 버셨어요????"

호기심 보이의 질문 융단 폭격으로 이들에 대한 정보는 전부 까발려졌다.
이 남녀 여행객은 두살 터울의 남매. 학원 강사인 누나가 돈을 벌어서 군대를 막
제대한 동생과 한 달 일정을 계획하고, 첫 여행지로 런던에 온 것이었다.
이 남매와 더 많은 대화를 나누고나서 알게된 사실은, 이 남매는 외양뿐만 아니
라 성격과 가치관까지도 어느 하나 닮은 구석이 없다는 것이었다.

무조건 많이 보고 다니는 것을 여행의 최우선 목표로 삼은 동생.
쉬엄쉬엄 돌아다니며 여유를 찾는 여행을 최우선 목표로 삼은 누나.

이 남매는 평소에는 해님달님에 나오는 오누이처럼 사이가 좋다가도, 유명한
장소에 가서 사진을 찍을 때 마다 다투었다.

그 첫 번째 이유는 누나의 '강박적인 사진 찍기' 때문.

누나는 사진을 찍을 때마다. 고개를 45도 각도로 튼 후 손가락으로 V자를 만든다. 그리고 사진을 찍고 나서는 반드시 자신의 사진을 확인하는데 예쁘게 안 나왔다고 생각이 들면 예쁘게 나올 때까지 계속 사진을 찍어달라고 한다. 계속. 계속.

그러다가 한번은 크게 다투었다.
누나가 자기 얼굴이 굳은 것 같다며 몇 번이고 계속 똑같은 사진을 찍어달라고 하자 동생이 결국 폭발한 것이다.

"아니 자기 표정 굳은 걸 나보고 어쩌라는 거야?! 어? 굳었다고 생각하면 웃으라고~ 내가 웃겨주리?"

이 남매가 다투는 두 번째 이유는 '누나의 형편없는 사진 실력' 때문이었다.

V자 포즈 사진을 열 번 넘게 찍고 나서 누나의 오케이 사인이 떨어지면 동생과 바통 터치를 한다. 그리고 동생이 유명한 장소 앞에서 포즈를 취하면 사진은 딱 두 가지 경우로만 찍혔다.

첫 번째
인물이 너무 작게 나와서 누군지 **확인 불가능**

두 번째
인물이 너무 크게 나와서 어딘지 **확인 불가능**

처음에는 이런 사진을 보면서 화를 내던 동생도 나중에는 허탈한 웃음만 내뱉을 뿐 이었다.

이런 이유들 때문에 난 이 남매를 **언밸런스 남매**라고 부르게 되었다.

호기심 보이는 식사 시간에도 호기심을 멈추지 않았다.

"형! 야경 보셨어요? 야경은 어디가 좋아요?"

내가 귀찮다는 듯이 "타워 브릿지"라고 대답하자 옆에 있던, 지나치게 적극적인 성격을 가지고 있는 언밸런스 동생이 밥알을 세고 있는 누나에게 말했다.

"누나, 우리 밥 먹고 타워브릿지 가자."

언밸런스 누나의 들릴까 말까한 목소리.

"피곤한데… 내일가면 안 될까?"

누나의 말에 여행 Plan을 직접 짜온 언밸런스 동생의 언성이 다소 높아졌다.

"오늘 여기 와서 야경 보는 게 우리 계획이었잖아. 내일은 뮤지컬 보는 거고… 첫 날부터 계획에 차질이 생기면 안 되는데…"

그의 말에 누나의 목소리는 더욱 작아졌다.

"어떻게 가는 줄은 알아?"

"뭐~ 가이드 북에 씌여져 있겠지."

옆에서 대화를 듣고 있던 내가 이들의 대화에 끼여들었다.

"오늘 저녁 먹고 여기 형들이랑 (유학생 형, 축구협회 형) 야경 보러 런던 시내에 나가려고 하는데… 가고 싶은 사람은 같이 가요."

내 말에 매사에 적극적인 언밸런스 동생의 눈빛은 구세주라도 만난 듯 반짝거렸고, 휴식을 취하고 싶어하던 언밸런스 누나는 묵묵히 다시 밥 알을 세기 시작했다. 그리고 호기심 보이는 또 다시 질문들을 쏟아냈다.

"여기서 타워 브릿지 가는데 얼마나 걸려요?"
"뭐 타고 가요?"
"지하철은 몇 시에 끊기는데요?"

저녁을 먹고 나서 호기심 보이, 언밸런스 남매, 유학생 형 그리고 축구협회 형과 함께 타워 브릿지로 이동했다. 다들 초행길이였기에 한 번 다녀왔었던 내가 앞장 서서 걸었고, 그들은 소풍이라도 가는 것처럼 밝은 얼굴로 내 뒤를 따라 왔다.

"와아~ 너무 멋있다."

다들 타워 브릿지의 야경을 보고는 한 목소리로 말했다. 그리고 각자 카메라를 꺼내 타워 브릿지를 담았다.

언제 피곤했냐는 듯, 타워 브릿지 앞에서 V자를 만드는 언밸런스 누나.
그런 누나를 군말 없이 찍어주고 있는 언밸런스 동생.

템즈 강에서 불어오는 바람에 담배 연기를 날리는
축구협회 형.
즐거워하는 사람들을 보면 즐거워진다는 유학생 형.
그리고 내 옆에서 여전히 질문을 날리는 호기심 보이.

"형. 이게 타워 브릿지죠?"
"그럼 런던 브릿지는 뭐에요.?"

그에게 친절하게 대답해주었다.

"몰라~ 새끼야!!!!!!"

우린 타워 브릿지 앞에서 한참 동안 즐거운 시간을 보
내다가 지하철이 끊길 시간에 맞춰 숙소에 들어왔다.
하루종일 돌아다녔던 탓일까? 샤워를 하자마자 금새
잠에 빠져 들었다.

얼마나 시간이 흘렀을까?

방 문이 열리는 소리에 잠에서 깨었다. 아직 어두컴컴
한 걸로 봐서 아침이 온 건 아니었다. 살며시 눈을 떠
서 방 문 쪽을 쳐다보았다. 문 틈 사이로 들어오는 빛.
그 빛 사이로 누군가가 서있었다.

헉!!

입에서 짧은 신음이 새어 나왔다.

역광 때문에 생긴 실루엣은 두려움을 주기에 충분했다.

머리 크기가 허리 둘레랑 비슷하고 배꼽 위에까지 밖에 내려오지 않는 팔

그 팔길이와 같은 다리.

기이하게 생긴 괴물이 중얼중얼거리며 내가 누워있는 침대로 다가오고 있었다.

등줄기에서는 어느새 땀이 베어 나왔고, 주먹에는 본능적으로 힘이 들어갔다.

내 침대 바로 앞까지 다가온 괴형 물체!

창문으로 투과하는 달 빛 때문에 난 그의 모습을 확인할 수 있었다.

'으악!!!!'

순간 내 입에서 비명이 나올뻔했다.

달빛에 비춰진 그 괴형 물체의 모습이 날 더욱 더 두려움에 사로 잡히게 만들었

기 때문이었다. 달빛에 비춰진 그의 모습은….

바로 15년 동안 군만두만 먹었다던 **올드보이**였다.

영화 〈올드보이〉에서 최민식이 했던 헤어스타일을 한 그는 내 바로 옆의 침대에 눕더니, 단 10초도 안 되어서 코를 골기 시작했다.

그의 코 고는 소리는 빗자루로 쇠를 쓸어내는 소리 같았다.

다음 날 아침.

전날 많이 돌아다녔던 탓인지, 아니면 올드보이의 코고는 소리 때문에 그런 건지 여행객들 중에 가장 늦게 침대에서 일어났다. 그리고 일어나자마자 올드보이의 침대부터 확인했다. 비어있는 침대.

'꿈이었나?'

하지만 주방으로 간 나는 어젯밤 일이 꿈이 아니었다는 것을 알 수 있었다.

밥을 먹다가 나와 눈이 마주친 올드보이가 '씨익' 웃고 있었기 때문이었다.

아침에 보는 그는 어둠에서 봤던 것과 별반 차이가 없었다. 머리 크기가 어깨너비와 같고, 팔 다리가 기형적으로 짧은 그는 사람인건 확실했지만 지구인같진 않았다. 이렇게 생김새가 특이한 올드보이를 호기심 보이가 가만히 놔둘리 없었다. 그는 올드보이에게도 질문 융단 폭격을 여지없이 날렸고 그 결과…

올드보이는 나보다 두 살 어린 동생이었고, 호기심 보이와 마찬가지로 군대에 가기 전에 홀로 여행을 떠나온 그는 유럽에 있는 맥주 종류를 다 마셔보고, 맥주의 맛을 자기 나름대로 연구하기 위해 유럽을 찾아 왔다고 했다.

이렇게 뚜렷한 목적의식을 가지고 여행을 떠나온 그의 여행 계획은….

"엄서요~"

올드보이도 나와 마찬가지로 전혀 계획이 없이 유럽에 온 것이었다.

그리고 주방에는 그와 나 말고도 무대포 여행객이 또 있었다. 올드보이와 함께

런던에 입국한 여자 여행객 두 명 이었는다. 그녀들은 올드보이와
원래부터 알고 지낸 사이가 아니라 방콕 공항 대기실에서 만나게 되어서 같이
런던으로 들어온 거였는데 나름 인형처럼 생긴 외모의 소유자 들이었다.

푸우 인형을 닮은 여자.
중국산 헝겁 인형을 닮은 여자.

어쨌든 인형인 그녀들은 밥을 먹으면서도 쉬지 않고 떠들어댔다.

'나와 마찬가지로 스스로가 여행 천재라고 자부하는 그녀들.'

어젯밤 왜 이렇게 늦게 들어왔냐는 주인장 형의 질문에
올드보이와 런던 시내에 있는 펍(Pub)에가서 맥주 한 잔하고 숙소 근처로 왔는데
숙소를 찾지 못해서 2시간 정도 헤맸다고 했다.
이래서 그녀 둘에게 곧 바로 지어진 별명은……………

자칭 여행 천재 소녀들이었다.

여행객들은 아침을 먹으면서 서로 어제 자신이 다녔던 곳 그리고 오늘 자신
들이 갈 곳에 대해 얘기를 나누었다.
여행객들이 숙소를 정할 때 민박집을 선택하는 가장 큰 이유는 아마도 이런 대
화를 나눌수 있기 때문아닐까. 여기서 나누는 대화는 어떤 가이드 북보다도 더
정확하고 유용한 정보를 제공하기 때문이다.
여행객들과 이런 정보들을 교환하고 있는 내게 호기심 보이가 104번 째
질문을 날렸다.

"형은 오늘 뭐 할 거야?" (말을 놓으라고 했더니 바로 놓는 호기심 보이)

이 날 역시 내겐 별 다른 계획이 없었다.

단지 그동안 아껴두었던 뮤지컬을 볼까 생각하고 있었을 뿐이었다.

"뮤지컬 보려고."

이 말에 언밸런스 동생이 밥을 먹다 말고 우렁찬 목소리로 말했다.

"어? 나도 보려고 했는데… 같이 보자~~"

혼자 보는 것 보다는 여럿이 보는 것이 좋을 것 같아서 그러자고 대답했다.

그러자 호기심 보이가 105번 째 질문을 던졌다.

"형! 언제 보러 갈 거야?"

"뭐, 점심 때나 나가서 보려고 하는데…"

그러자 언밸런스 동생이 머리를 긁적거리며 말했다..

"어… 난 오늘 버킹엄 궁전이랑 런던 시내도 봐야 되는데… 그럼 우리 이따가 오후에 만날까? 아니면… 너만 괜찮다면 오늘 같이 다녀도 좋은데…"

사실 그들이 오늘 가려고 하는 곳은 이미 다녀왔던 곳.

그러나 홀로 그 곳들을 다녔던 나는 여럿이 함께 돌아다녀보는 것도 나름 재미 있을 것 같다는 생각이 들었다.

그것도 이 개성 넘치는 여행객들과 함께라면 더욱더…

난 그들에게 미소를 지으며 말했다,

"그래~ 그럼
같이 나가자!!!!!"

뮤지컬 방랑기

런던에 온지 4일 째, 지금까지의 일정을 요약하자면

첫째 날, 일일코스를 따라 런던 시내 돌아다니기.
둘째 날, 카메라 들고 런던 시내 헤집고 다니기.
셋째 날, 첫 동행자들과 런던 시내 돌아 다니기.

수학에서 배운 교집합을 써서 정리해 보자면
낭만자객은 삼일 동안 런던 시내만 돌아 본 것이었다.

시내를 하루 이틀 둘러보고 런던 근교에 있는 에딘버러나, 캠브리지로 가는 다른
여행객들처럼 런던 근교로 갈 수도 있었다. 하지만 어디를 보러 가는 것 보다는
무엇을 하면 즐거울 것인지가 더 중요했기에 이들과 함께 또 다시 런던 시내에
나가기로 결심했다.

클럽 가는 듯한 복장으로 숙소를 나서는 호기심 보이.
여행의 첫 날이라서 완전 들떠있는 언밸런스 동생.
도착해서 하루 만에 피로를 느끼는 언밸런스 누나.

그리고 이들 말고도 숙소에서 같이 나온 사람들이 있었는데, 그들은 어제밤 늦
게 숙소에 도착한 세 자매였다. 그녀들은 얼핏 봐도 껌 좀 씹었을 것 같은 인상
의 소유자들이었다.
특히 그 중 맏언니는 동네에서 보면 바로 90도로 허리를 굽혀야 할 것 같은 인
상을 지녔다.

상대방의 기선을 제압하는 방법은 두 가지다.

그 첫 번째가 앞서 설명했던 **인상**이고, 그 나머지는 **말투.**

세 자매는 숙소에 처음 들어 왔을 때, 서울말로 인사를 했는데 너무나 어색한
서울말이었기에 호기심 보이의 질문 레이더 망에 포착될 수 밖에 없었다.
"어디서 오셨어요?"
그나마 가장 친절하게 생긴 막내 동생이 대꾸했다.
"한국이요."

그녀의 대답에 호기심 보이의 질문 응답 폭격이 단발에 멈추자 내가 혼잣말 흘
려 보냈다.
"지방 쪽 같은데…"
그러자 세 자매 중 가장 도도하게 생긴 둘째가 대답했다.
"아니여요…"

너무도 어색한 서울말.
모두들 그녀의 말을 믿지 않는 눈치였다.
이 때 맏언니가 입을 열었다.

"우리요. 광주에서 왓소잉~ 아따~
빨리 방으로 드가라~ 아따~ 무거바 죽갔네."

그녀의 자신감 넘치는 전라도 사투리에 두 동생은 군말 없이 방으로 들어갔고
어느 누구도 이 날 밤 그녀들에게 말을 건네지 못했다.

이런 그녀들이 오늘 아침에 자신들도 시내에 간다며 '낭만자객 런던 시내 투어
단'에 합류 하겠다는 통보를 한 것이었다.

'강한 자에게 강하고, 약한 자에게 약해라.' 라는 말이 있듯이 그녀들의 합류 통
보에 대해 나는 확실하게 의사 표현을 했다.

"사람 많으면 좋죠. 빨리 옷 입고 나와요."

런던에 있는 동안 가장 화창한 날씨
더욱 산뜻한 빨간 2층버스
공원위를 뛰어 노는 강아지
정장 차림에 운동화를 신고 거리를 활보하는 직장인
런던시내는 항상 변함이 없다.

빠른 걸음으로 버킹엄 궁전을 향했다.

그건 바로, 런던에서 가장 큰 볼거리라는 **근위병 교대식**을 보기 위해서였다. 우리가 버킹엄 궁전에 도착했을 때는 이미 관광객들이 장사진을 이루고 있었다.

버킹엎 궁전 앞에서 언제 피곤했냐는 듯 V자를 그리며 사진 찍는 언밸런스 누나.

예쁘게 안 나왔다며 계속 다시 찍어달라고 하는 누나를 묵묵히 다시 찍어 주는 언밸런스 동생.

주머니에 손을 넣고 짝 다리를 짚은 채 별 관심 없이 근위병 교대식을 기다리고 있는 광주 시스터즈.

그리고 귀여운 외국 아이에게도 질문 융단 폭격을 해대는 호기심 보이.

"웨어 아유 프롬?"

"하올 다 유?"

이 때, 트럼펫 소리와 북소리가 함께 울려 퍼졌다.

그러자 이 곳에 있는 사람들의 시선이 한 곳으로 향했다. 사람들의 시선이 모아 진 그 곳에서는 〈해외토픽〉이나, 〈세계는 지금〉같은 프로그램에서 가끔 보았던 장면이 펼쳐지고 있었다.

근위병 교대식

검은색 둥근 곰털 모자를 쓰고 빨간색 정복 상의를 입은 왕실 근위병들이 마치 롯데월드나 에버랜드에서 하는 퍼레이드 행렬처럼 북을 치고 트럼펫을 불며 버 킹엄 궁전 안으로 들어간다.

근위병 교대식은 30분 가까이 진행되었는데, 사실 예전에 다른 나라에서 봤던 게 이 퍼레이드보다는 재미가 덜했다.

어린 아들을 태워주는 아빠.
동상 위에 올라가 비디오 카메라로 찍는 중국인 남자.
철창에 매달려서 구경하는 여자.
내겐 오히려 이런 관광객들의 모습이 더 재미있다.

근위병 교대식이 끝나자 버킹엄 궁전 앞에서 장사진을 이루고 있던 여행객들은 썰물처럼 빠졌고, 우리도 그 흐름에 맞춰 발걸음을 옮겼다.

다음으로 찾아간 곳은 들어 간지 3초 만에 후회 했던 웨스트민스터 사원.
여기서도 언밸런스 남매는 웨스트민스터 사원을 배경으로 사진을 찍었고, 광주 시스터즈도 번갈아 가면서 독사진을 찍고 있었다.
그리고 혼자 여행 온 호기심 보이는 며칠 전의 나처럼 셀카를 찍고 있었다.

누군가와 함께 여행 온 사람들에게는 독사진 보다 함께 찍은 사진이 더욱 소중한 법. 특히 가족과 함께 온 여행이라면 더욱 그렇다.
그리고 혼자 여행 온 사람은 자신의 전신 사진이 찍고 싶은 법. 특히 호기심 보이처럼 패션에 신경을 쓰고 다니는 여행객이라면 더욱 그렇다.
"자~ 다들 카메라 줘봐. 찍어줄게."
내가 이렇게 말하자 그들은 기다렸다는 듯이 카메라를 건네 주었다. 이미 웨스트민스터 사원 앞에서 사진을 찍어본 나이기에 나름대로 계산한 가장 좋은 구도로 사진을 찍어 주었다.
"자~ 저기 서세요. 서로 팔짱 끼고, 자~ 우르르 까꿍~~"
'우르르 까꿍' 이라는 내 말에 어색한 표정을 짓고 있던 그들은 황당해면서도 기억스러운 미소를 지었다.

행복해 하는 그들.
그 행복함을 만들어주는 또 다른 행복.
미소를 짓는 그들.
그 미소를 담아주는 또 다른 미소.

빅 밴, 런던아이, 템즈 강 주변에서도 그렇게 그들을 찍어주었다. 이렇게 무리를 이끌고 런던 시내를 돌아다니다 보니 내가 마치 런던 가이드가 된 것 같은 기분이 들었다.

"자아~ 이제 다음 코스는 트라팔가 광장이에요."

앞장서서 트라팔가 광장을 향해 걷는 내 뒤를 따라 발걸음을 옮기는 그들.

광주 시스터즈 맏 언니가 초록색 불이 바뀌길 기다리고 있는 나에게 슬쩍 다가와서 귓속말을 했다.

"거~ 나중에 광주 한 번 놀러 와~ 잉? 내 거 재미있게 놀게 해줄께."

그렇게 말하며 그녀는 다시 동생들 곁으로 갔다.

이 모습을 옆에서 지켜보던 호기심 보이가 가만히 있을 리가 없었다.

"형~ 저 누나가 형한테 뭐라고 했어?"

엷은 미소를 띠며 대답했다.

그림 출처–슬램덩크

뮤지컬은 내일 본다는 광주 시스터즈와는 트라팔가 광장에서 헤어졌다.

그녀들은 내셔널 갤러리로 간다며 사라졌고, 뮤지컬을 보려고 나온 나와 언밸런스 남매 그리고 호기심 보이는 뮤지컬 티켓을 파는 **레스트 스퀘어**(Leicester Square)으로 발걸음을 옮겼다.

레스트 스퀘어는 우리나라로 치면 명동, 대학로, 홍대, 압구정이 한대 묶여 있는 곳이다.

「런던에서 지루하게 느낀 사람은 그의 인생도 지루하다.」

사무엘 존슨의 말처럼 런던 시내의 가장 큰 번화가인 레스트 스퀘어 주변에는 영화관, 오페라 하우스, 연극 박물관, 뮤지컬 전용 극장 등 인생을 즐겁게 해주

맘마미아 전용극장

는 모든 것들이 있었다. 이 곳에서 가장 부러웠던 것은 각 공연마다 전용 극장을 가지고 있다는 것이었다. 각 공연의 특성을 최대한으로 살린 전용 극장을 보유해서 문화의 번성을 이룬 이곳을 보니, 전용 극장을 가진 공연이 터무니 없이 적어서 각 공연의 고유한 특성을 살리지 못하고 있는 우리의 공연 문화가 안타깝게 느껴졌다.

레스트 스퀘어에는 뮤지컬 티켓을 싸게 파는 대표적인 티켓 매표소가 있는데 바로 Half Price Theater Ticket Booth(절반가격 티켓 판매소)이다.

런던에 온 관광객이라면 한 번쯤은 꼭 봐야 한다는 뮤지컬을 보기 위해서 이 날 역시 이 곳 앞에는 줄이 길게 늘어서 있었다.

우리가 관람하기로 결정한 것은 앞서 얘기한 바 있는 **오페라의 유령.**

우리를 대표해서 줄을 선 호기심 보이가 티켓 판매소 직원과 얘기를 나누었다. 하지만 호기심 보이의 입에서는 부정적인 느낌의 'Um…' 과 'Oops' 가 자주 내뱉어졌다. 잠시 뒤, 그는 자신이 그런 이유를 우리에게 알려주었다.

가장 좋은 좌석을 A석, 그나마 볼만한 자리를 B석, 가장 좋지 않은 좌석을 C석이라고 한다면 A석은 있지만 가격이 너무 비싸고, B석은 매진되었고, C석은 몇 좌석 밖에 남아있지 않았다고했다.

우리는 매진 되어버린 'B석' 에 앉고 싶었다.

A석은 너무 가격이 비쌌고, C석은 자리가 있긴 하지만 좋은 공연을 보는데 잘 안 보이는 좌석에서 보고 싶지 않았기 때문이었다.

레스트 스퀘어에는 '절반가격 티켓 판매소' 말고도 곳곳에 티켓 판매소가 있었기 때문에 우리는 용산전자상가에서 전자 제품을 사는 것처럼 이곳 저곳 돌아보기로 했다. 그러나 티켓 판매소를 전부 쑤시고 다녀 봐도 '절반가격 티켓 판매소'와 별반 차이 없었다. 그래서 우린 마지막 히든 카드로 〈오페라의 유령〉 전용 극장으로 가보기로 했다.
B석이 있을 것이라고 기대를 안하고 들어간 우리들에게
B석이 있다고 말하는 매표소 직원.

"짝!!! 짝!!!"
벅찬 기쁨을 감추지 못하고 서로 하이파이브를 했다.
그리고 각자의 지갑에서 티켓 값을 꺼내어 티켓 판매 직원에게 건넸다.
그러자 티켓 판매 직원이 조심스럽게 입을 열었다.
"B석이 있긴 하지만. 세 석 밖에 없다"
이게 그의 말이었다.

호기심 보이, 언밸런스 남매, 그리고 낭만자객인 나.
우리는 한 손으로도 셀 수 있는 숫자 4.
우리들 중에 한 명은 C석이나 A석에 앉아야 했다.

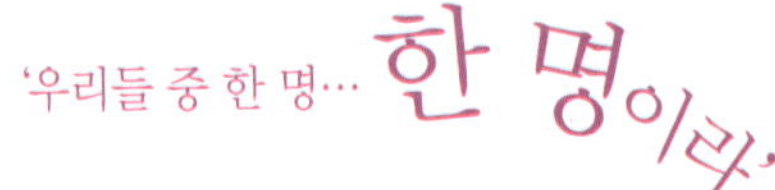

난 호기심 보이를 쳐다보았다.

언밸런스 남매는 나와 호기심 보이를 번갈아 보다가 호기심 보이에게 시선을 고정시켰다

모두의 시선이 꽂힌 호기심 보이.

고개를 숙이고 있던 그가 살며시 고개를 들었다.

날 노려보고 있는 그의 눈.

나는 본능적으로 호기심 보이의 눈을 찌를뻔했다.

분위기는 점차 살벌해지고 있었다.

그러자 참다못한 언밸런스 누나가 차분한 목소리로 말했다.

"난 C석에서 봐도 괜찮아."

눈에 뻔히 보이는 거짓말.

엄마들의 '찬밥이 맛있다.' 는 말과 똑같은 의미였다.

나는 그럴 수 없었다. 우린 이미 한 배를 탄 운명이었다.

어느 누구도 이 배에서 이탈할 수 없었다.

분명 나와 같은 생각을 했을 것 같은 언밸런스 동생이 입술을 지긋이 깨물며 누나에게 말했다.

"그럴래?"

동생이 매몰차게 자신을 버리자 당황해 하는 언밸런스 누나.

뮤지컬 티켓 하나로 남매의 가족애에 이상이 생기려고 하고 있었다.

그럴 순 없었다. 내가 말했다.

"됐어. 내가 C석에서 볼께."

'희생'

가장 아름답고 고귀한 단어가 무엇이냐는 질문에 마더테레사가 대답한 단어.

언밸런스 남매는 이런 나의 마음에 감명했는지 따뜻한 눈빛으로 날 쳐다보았고

호기심 보이도 나의 희생 정신에 감명을 받은 눈빛으로 날 쳐다보았다.

호기심 보이가 흐뭇한 미소를 지으며 말했다.

"그럴래? 형?"

이역만리에서 사람을 때릴 뻔했다.

군대에서 얻은 자제심과 참을성이 없었더라면 분명히 그랬을 것이다.

그런데 이 때 내 뒤에서 목소리가 들려왔다.

"Excuse me."

우리 뒤에 서있던 외국인이 우리가 티켓 구매 시간을 지체하자 참다못해

우리에게 한 소리였다. 그들에게 미안해서 자리를 일단 비켜 주었다.

남은 3장의 B석 티켓을 구입하는 그들

풀 죽은 강아지 마냥 〈오페라의 유령〉 전용 극장을 빠져 나왔다.

입에서는 쌍시옷 소리만 새어 나오고 있었다.

런던에는 오페라의 유령만 있는 게 아니었다.

우린 다른 뮤지컬을 보기로 입을 모았다. 그렇게 다시 의견을 조율한 우리가 선택한 뮤지컬은 〈맘마미아〉였다.

〈맘마미아〉는 스웨덴 출신의 세계적인 그룹 ABBA의 히트곡 22곡을 토대로 하나의 일관된 이야기를 엮은 작품이다. 귀에 익숙한 노래들이 많이 가창되는 공연이기에 영어에 능통치 못한 우리들로서는 가장 현명한 선택을 한 것이었다. 다시 레스터 스퀘어에 있는 절반가격 티켓판매소로 갔다.

다 팔린 맘마미아 티켓.

처음에 갔을 때만 해도 많이 남아있던 표가 몇 시간 만에 다 팔린 것이었다. 레스트 스퀘어 주변의 티켓 판매소와 〈맘마미아〉 전용극장까지 전부 돌아다녀봤지만 결과는 마찬가지.
어느새 해는 점점 저물어서 런던의 하늘은 붉게 물들어가고 있었다.
〈오페라의 유령〉도 보지 못하고, 〈맘마미아〉도 볼 수 없게 된 우리는 머리를 다시 모았다. 이제 남은 방법은 오직 한 가지 뿐.

'그냥 표가 있는 공연을 보자.'

오늘만 세 번 찾아간 절반가격 티켓판매소.
낮에 길게 줄을 늘어서 있던 사람들은 이미 코빼기도 보이지 않는다.
어두 컴컴한 티켓 판매소. 직원조차 보이지 않았다.
영업이 끝난 티켓 판매소.

"허 허 허 허~"

허탈한 웃음 밖에 나오지 않았다.
뮤지컬을 보기 위해 돌아다닌 시간만 무려 4시간.

4시간이면 서울에서 부산을 갈 수 있고, 뮤지컬도
두 번이나 볼 수 있는 시간이었다.

털석

바닥에 주저 앉았다.
그리고 서로에게 아무 말도 하지 않은채 우리 주위로
몰려드는 비둘기를 쳐다 보고만 있을 뿐이었다.

그렇게 10분 정도 시간이 흘렀을까?

펑크족 스타일의 외국인 소녀들이 몰려오더니 우리
옆에 앉았다. 그러자 호기심 보이는 사라진 줄 만 알
았던 그의 호기심을 다시 발동시키고 있었다.

그녀들에게 쏟아지는 질문들.
외국인 소녀들의 깔깔대는 웃음소리.
그리고 호기심 보이의 들뜬 목소리.

"형 애네들 독일에서 왔대."

비둘기에게 작은 돌맹이를 던지고 있던 내가 고개를
돌려 그에게 말했다.

그림 출처-멋지다 마사루

이런 나의 시큰둥한 반응에도 불구하고 호기심 보이는 말을 계속 이어갔다.

"내가 같이 사진 찍자고 하니까 같이 찍자고 하는데?"

"………"

그 말과 동시에 독일에서 왔다는 소녀들을 자세히 쳐다 보았다.

얼굴은 어려 보이는데 바디 라인은 이미 성인 여자의 발육 상태인 그녀들.

이 포즈는 언밸런스 누나가 사진찍을 때 취하는 포즈가 아니다.

독일소녀들 사이에 앉아 히죽거리며 사진을 찍는 나의 포즈다.

이런 나를 어이없다는 듯 쳐다보는 언밸런스 누나.

그런 그녀 옆에 앉아 있던 언밸런스 동생이 내게 한 마디 던졌다.

"야! 나도 찍자."

매사에 적극적인 언밸런스 동생은 내 자리를 가로채더니 그녀들의 어깨에 팔을 둘렀다.

여러 가지 포즈로 다양한 사진을 찍는 언밸런스 동생.

그의 머리 속에서 '4시간의 뮤지컬 방랑 사건'은 이미 지워진 것 같았다.

허. 허. 허.

언밸런스 누나의 어이없는 웃음 사이로 런던의 하늘엔 땅거미가 서서히 내려앉고 있었다.

외국인 소녀들과 헤어지고 서서히 허기를 느낀 우리들은 무엇을 먹을지 결정하기 위해 머리를 맞대었다.

「그 나라에서는 그 나라 음식을 먹어라.」

가이드 북을 보니 런던의 대표적인 음식은 **피쉬&칩스**.

호기심 보이는 이 음식을 꼭 먹어보고 싶다고 했다.

사실 언밸런스 남매와 나는 피쉬&칩스를 그다지 먹고 싶지 않았지만 호기심 보이의 피쉬&칩스에 대한 열망이 너무도 간절하고, 또 독일소녀들과 사진을 찍을 수 있게 한 공로를 높이 샀기에 우린 그의 뜻대로 피쉬&칩스를 먹으러 갔다.

피쉬 앤 칩스 전문점

무려 15파운드(3만원). 하루 숙박비를 주고 주문한 피쉬&칩스가 내 앞에 놓였다.

생선까스와 감자튀김.

나는 그제서야 피쉬&칩스가 생선까스와 감자튀김이라는 사실을 알았다.

'왜 피쉬&칩스라고 부르면 고급 음식 같고 생선까스와 감자튀김이라고 하면 빈티가 나는 것일까? 흠... 그래도 맛은 다르겠지?'

레모네이드를 입술에 살짝 적시고 15파운드짜리 생선까스를 나이프로
썰어서 입 안에 넣었다. 그러자 호기심 보이가 호기심 가득한 표정을 지으며
물었다.

호기심 보이는 내 입에서, 〈맛 대 맛〉 같은 음식 프로그램에서 MC들이 하는 말
이 나오길 바라는 것 같았다.

하지만 오히려 난 그의 입에서 영화 대사를 읊게 만들고 싶었다.

"고마해라~  마이 무겄다!"

런던의 대표적인 음식인 피쉬&칩스는, 3만원을 주고 고등학교 학생 식당에서
나오는 생선까스와 감자튀김을 먹는 느낌이었다.

4시간 동안 돌아다녔지만 보지 못한 뮤지컬.
하루 숙박비를 주고 먹은 고등학교 학생 식당의 맛, 피쉬& 칩스

숙소로 돌아가는 우리의 발목에는 동해 바다 모래를 전부 다 담은 모래 주머니
를 달아 놓은 것 마냥 무거웠다.

숙소에는 유학생 형과 점심에 트라팔가 광장 앞에서 헤어졌던 광주 시스터즈가
주방에서 대화를 나누고 있었다. 우리가 주방으로 들어서자 광주 시스터즈 둘째
가 해 맑은 미소를 지으며 물었다.

"저녁은 맛있는 거 먹었어요?"

슬그머니 방 안으로 들어가는 호기심 보이.
분위기가 싸늘해진것을 눈치챘는지, 광주 시스터즈 셋째가 화제를 돌렸다.

"뮤지컬은 뭐 봤어요?"

슬그머니 각자의 방으로 들어가는 언밸런스 남매와 나.
광주시스터즈는 이런 어색한 분위기에 당황하는 눈치였다.

침대에 누웠다. 피곤하지만 잠이 오지 않았다.
얼굴을 덮고 있던 이불을 걷어내고 천장을 쳐다보았다.
오늘 돌아다니면서 느낀 점, 이제 런던이 마치 서울처럼 편안하고 익숙하다는 것.
버킹엄 궁전은 경복궁같고, 템즈강은 한강같고, 트라팔가 광장은 서울역 광장
같았다.

'익숙하다는 것은 떠날 때가 되었다는 신호'

그 동안 한 번도 펴보지 않았던 유럽 지도를 펼쳐보았다.
그러자 부르마불 게임에서 봐 왔던 나라들.
아이 엠 그라운드 놀이 할 때 자주 나오던 나라들.
바로 유럽 대륙의 나라들이 눈에 들어오기 시작했다.
사실 유럽 여행을 하기로 마음을 먹은 후 가장 가고 싶었던 도시는 **파리**였다.

생각만해도 입가에 미소가 지어졌다. 그리고 파리에는 아는 사람도 살고 있었다. 나와 잘 아는 사이는 아니지만, 부모님과 잘 아는 사이인 그녀는 파리에서 미술 공부를 하고 있는, 여덟 살 터울의 누나였다. 그녀는 자신이 직접 그린 그림을 우리집에 선물로 주었는데, 그 그림이 마음에 들어서 내 방에 걸어 놓았던 나는 파리에 가면 그녀를 꼭 한번 만나 볼 생각이었다.

하지만 출국을 파리에서 하기 때문에 나중에 가도 상관 없기에

나는 일단 런던에서 대륙으로 넘어갈 교두보격의 나라를 찾기로 했다.

징기스칸이 유럽을 정복할 때 지도를 바라보듯.

나폴레옹이 유럽을 정복할 때 지도를 바라보듯.

유럽 지도를 바라보았다.

그리고 내 눈에 들어온 나라는 런던하고 가장 가까운 나라.

벨기에였다.
다음은 다음에

런던의 마지막 밤은
쓰다.

벨기에

유럽 대륙에 첫 발을 내디딜 나라가 벨기에인 이유는 딱 하나!

런던에서 가깝기 때문이었다.

사실 벨기에에 대해서는 '98년 프랑스 월드컵 예선전' 때 우리나라와 1:1로

비긴 나라라는 것 외에 특별한 사전 지식을 가지고 있지 않았다.

그러나 오히려 이런 이유 때문에 벨기에를 선택했는지도 모른다.

미지의 세계를 모험하고, 새로운 광경들을 맞이 한다는 것이 낭만자객에게

더욱 더 어울리기 때문이다.

런던 편이 뜯겨진 가이드 북을 배낭에서 꺼내 벨기에 편을 찾아 읽었다.

'. . . . . 얼마나 잤을까?

밖에서 들려오는 소란스런 소리가 아니었으면 아침에 일어났을 것이다.

방문을 열어 소란스런 소리가 들리는 주방으로 나가자 숙소 사람들 대부분이

주방에 앉아 있었고 소란의 중심에는 올드보이와 자칭 여행 천재 소녀들이 있

었다.

"뮤지컬 〈We will Rock you〉 봤는데… 진짜! 진짜! 울트라 캡숑!!

태어나서 처음으로 뮤지컬 본건데… 이렇게 재미있는 건 지 몰랐어요. 완전

울트라 캡숑…"

웬만큼 좋지 않으면 '울트라 캡숑' 이라는 단어는 쉽게 나오지 않는 법인데…

냉장고에서 물을 꺼내 따라서 벌컥벌컥 들이 마셨다.

자칭 여행 천재 소녀들의 뮤지컬 감동 스토리가 끝나자 올드보이가 바로 바통을
이어받았다.
"오늘 기네스 맥주를 마셨는데 정말 좋더라고요. 거기서 시켜먹은 음식도 너무
맛있고."
호기심 어린 눈빛으로 그들의 얘기를 듣던 호기심 보이.
그는 내가 먹다 남긴 물을 벌컥벌컥 들이 마셨다.
무려 30분 동안 쉬지 않고 '런던 뮤지컬 감동스토리'와 '런던 음식 감동기'를
쏟아 내던 이들은 오직 나만이 할 수 있는 대사로 그들의 이야기를 마무리했다.

"훗, 역시 우린 **천재**야!!!!"

이날 밤, 런던의 하늘에서는 비가 내리고 있었다.

다음 날 아침, 전날 밤에 추적추적 내리던 비는 어느새 자취를 감추었다.
아침 밥을 챙겨먹은 여행객들은 분주하게 나갈 준비를 하고 있었다.
호기심 보이와 언밸런스 님페는 이 빌 내셔널 갤러리와 대영 박물관 등 런던의
미술관과 박물관을 돌아 본다고 하고, 올드보이와 자칭 여행 천재 소녀들은 런
던 시내를 돌아본다며 숙소를 나섰다.
하지만 난 벨기에로 떠나기 위해서는 **유로스타** 티켓을 사야 했기에…
5일 연속 런던 시내로 나갈 준비를 하고 있었다.
그러자 며칠 동안 기숙사를 알아보러 다녔던 유학생 형이 말했다.
"벨기에 가려고?"
고개를 끄덕였다.

"네, 내일 떠나려고요."

"내일 간다고?"

그의 물음에 내가 고개를 끄덕이자, 유학생 형이 물었다.

"그럼… 오늘은 뭐 하려고?"

"유로스타 티켓 사러 런던 시내 가려고요."

이렇게 말하자, 유학생 형은 잠시 뭔가를 생각하더니 조심스럽게 입을 열었다.

"나 오늘 숙소 구하러 가는데, 특별히 할 것 없으면 나랑 같이 다닐래? 그리고 너 유로스타 티켓사러 같이 시내가면 되잖아. "

런던에서 마지막날 그와 함께 시간을 보내는 것도 괜찮을 것 같았다.

"네, 그래요"

그는 바로 대답하는 나를 보더니 미소를 지었다.

유학생 형이 기숙사를 알아보러 가기로 한 곳은 **그리니치.**

왠지 그리니치라는 명칭이 낯설게 느껴지지 않은 것은 예전에 KBS 〈도전 골든 벨〉 12번 문제였던 "1884년 워싱턴국제회의에서 이 천문대 자오환을 지나는 자오선을 본초자오선으로 지정하여, 경도의 원점으로 삼은 천문대의 이름은?" ……의 정답인 **"그리니치 천문대"** 때문이었다.

그리니치로 가기 위해서는 보통의 지하철과는 다른 도크랜드 경전철(DLR)이라는 열차를 타야 한다. 이 열차는 일반 지하철과는 달리 롯데월드의 모노레일처럼 앞 뒤가 창문으로 되어 있었다. 놀이기구를 타고 가는 듯한 기분. 그렇게 런던시내를 뚫고 도착한 그리니치.

커티샥 호, 1800년대 중반에 가장 빠른 쾌속선으로 명성을 떨쳤다

템즈강의 바람을 맞으며 좀 걷다 보니 가장 먼저 눈에 띈 것은 거대한 범선이었다. 어렸을 때 나무에다가 본드를 발라 열심히 만든 모형물 같은 범선 하나가 템즈강을 바라보며 광장 한 복판에 놓여있었다. 이 배의 이름은 커티샥 호였다. 우리는 **커티샥 호**의 외관만 슬쩍 둘러보다가, 바람이 제법 세게 불기에 바로 옆에 있는 그리니치 자연대학으로 들어갔다. 그리니치 대학 안은 수업시간이었던지 한산했다. 우린 들어가자마자 보이는 매점으로 가서 야채 스프를 먹

었다. 야채 스프는 차가운 강 바람으로 싸늘해진 몸은 온기를 되찾게 해주었다.

다 먹고 나자 유학생 형이 내게 말했다.

"여기서 조금만 둘러 보고 있을래? 나 바로 기숙사만 알아보고 다시 올게."

"그러세요. 저 신경 쓰지 말고 다녀오세요. 저 아까 그 배에 다시 가보면 돼요."

이렇게 말하자, 유학생 형은 빨리 다녀오겠다며 자리에서 일어났고 나 역시 겉
만 보고 지나쳤던 커티샥 호를 보기 위해서 자리에서 일어났다.

배 안으로 들어가는 문이 보였다.

오른 발을 배 안으로 집어넣고 왼 발도 슬그머니 배 안으로 들이밀려는 순간 밖

에서는 보이지 않았던 티켓 판매소 직원이 눈에 들어왔다.

티켓을 끊으라며 손가락으로 가판대 위를 툭툭 치는 티켓직원.

나는 들어왔던 그 모양 그대로 발을 빼서 배를 빠져 나왔다.

"쿠 후 후후…"

그래도 커티샥 호를 타봤다.

공짜로 커티샥 호를 타 본 나는 전 날 뮤지컬 관람 실패를 통해서 실추되었던 자

신감이 다시 살아났고, 이 자신감을 토대로 커티샥 호 주변을 살폈다.

그리고 눈에 들어온 건 지붕이 돔 모양으로 생긴 오래돼 보이는 건물이었다.

안으로 들어가보았다.

원형모양으로 또와리를 튼 구조의 계단이 보였다.

그리고 계단 아래에는 어둠만이 펼쳐져 있었다.

끝이 보이지 않는 계단.

'과연 저 밑에는 무엇이 있을까?

한 걸음씩 조심스럽게 내려갔다.

지하 10층 쯤은 내려왔을라나?

걸음을 멈출 수 밖에 없었다.

그건 무엇이 날 가로 막고 있었기 때문이었다.

날 가로 막아 세운건 바로, **공사중** 표지판 이었다.

"이런 씨~베리아 같은 놈들. 공사 중이면 입구에다가 써놓던가 해야 할 것 아니야!"

하지만 울분 섞인 나의 외침은 공허한 메아리로만 돌아올 뿐이었다.

'털썩~'

계단에 주저 앉아 위를 쳐다보았다.

빛도 보이지 않는 저 높은 곳을 다시 올라가야 한다고 생각하니 눈 앞이 깜깜했다. 그냥 이 곳에서 누군가 구조해 줄 때까지 있고 싶었다. 기숙사를 알아 보고 돌아온 유학생 형은 내가 없어졌다는 것을 알고는 숙소로 돌아 갈 것 이고, 내가 숙소에 며칠 동안 돌아오지 않으면 내게 문제가 생겼다는 것을 알게 되서 실종 신고를 할 것이다. 그러면 일 처리가 느린 유럽에서 내 실종 신고는 일주일 후에 접수 될 것이고, 그 동안 이 알 수 없는 돔 건물 밑에서 쥐를 잡아 먹으며 생명을 연장한 나는 한 달이 지나고 나서야 극적으로 구조 될 것이다.

'아~~~ 이 얼마나 **드라마틱**하고 **스펙터클** 한가?' ....

…라는 잡생각이 들지 않도록 미친 듯이 계단을 뛰어 올라갔다.

빛이 보였다.

템즈강의 바람이 내 볼을 스쳤다.

살아있다는 행복.

나는 엄한 곳을 돌아다니지 않고, 유학생 형이 날 잘 찾을 수 있을 만한 곳에 앉아서 그를 기다렸다.

오랜기다림

흠… 11분 28초 정도 흘렀을까?

등 뒤에서 유학생 형의 목소리가 들렸다.

그동안 기숙사를 못 구해서 놀러 다녀도 마음 한 켠이 편안하지 않았다던 유학생 형이 웃자 이상하게 기분이 좋아졌다.

그는 고개를 끄덕였다. 난 계속 웃었다.

그러자, 갑자기 그의 웃음이 멈추었다.

그러자 그의 웃음 소리가 다시 들렸다.

우리가 웃고 있는 사이에 방금 전까지만 해도 우울해 보였던 런던의 흐린 하늘에는 따뜻한 햇살이 쏟아지고 있었다. 발걸음을 그리니치 공원으로 옮겼다

그리니치 공원에는 다양한 사람들이 있었다.

책을 보는 사람.

나무 그늘에 누워 여유를 즐기는 사람.

개와 원반 던지기 놀이하는 사람.

잔디에 누워서 다정하게 데이트를 즐기는 연인.

그리니치 공원에서 여유롭게 데이트를 즐기는 연인

다정한 연인을 쳐다보고 있으니, 저절로 달콤한 상상을 하게 된다.

이 곳에서 사랑하는 사람과 함께 나무 그늘 아래에 누워 애인이 싸준 샌드위치

를 먹으며, 책도 읽고, 노래도 듣고, 디카로 사진도 찍는다.

그리고 마지막으로 해가 저물어가는 노을을 바라보면서 짧은 키스.

'쪼～옥!!'

순간 얼굴이 빨개진 나는 넓게 펼쳐진 그리니치 공원을
발바닥에 벼룩이 들러붙은 것 마냥 미친 듯이 뛰어갔다.

그리니치 공원을 지나서 남산의 중턱쯤 되는 언덕 위를 올라서자 사람들이 몰
려있었다. 그들은 벽에 박혀 있는 시계 앞에서 사진을 찍고 있었는데 이유인
즉슨 이 시계가 바로 세계 시간의 기준이라는 **그리니치 천문대**였기 때문
이다.

그리니치 천문대

왼쪽에 서지도
오른쪽에 서지도
윗줄에 서지도 않을 것이다.

난 세상의 기준이 될것이다.

그리니치 천문대 안에서 바라본 그리니치 전경

P.L.A. SURVEY

그리니치는 30분 정도 걸으면 다 둘러볼 수 있을 만큼의 넓이었다. 그래서 우리는 **유로스타 티켓**을 사러 런던 시내로 발걸음을 돌렸다.

띵똥~

대기 번호가 깜박 거리기에 창구로 갔다. 앞서 밝힌 바 있지만, 나의 영어 실력은 **중학교 2학년 PART 6.** 이런 이유 때문에 유비무환 정신에 입각하여 티켓 직원에게 할 말을 미리 머리 속에 준비해 놓았다.

"Um… I want to go to 브뤼셀 (벨기에의 수도)"

내 말을 알아들었는지 "OK" 하더니 컴퓨터 키보드를 치는 매표소직원.

모니터를 보면서 말했다.

"@@!#!@$… Card??"

'말(Specking)' 은 어느 정도는 할 수 있지만, '듣는 것(Listening)' 에 너무 약한 나.

하지만 다행히도 Card라는 단어만은 놓치지 않았다.

지갑에 있는 카드를 하나씩 꺼내서 직원에게 다 보여주었다. 몇 번 고개를 젓던 직원의 고개를 끄덕이게 만든 카드는 한국에서 만든 **국제 학생증.**

티켓 직원은 국제 학생증을 건네 받더니 다시 물었다.

"when… 어쩌구… leave… 저쩌구..?"

딱 두 단어.

처음에 나온 'When' 과 중간에 나온 'Leave' 만 들렸다. '충전이 안 된 배터리 사건' 을 완벽하게 해결한 경험이 있는 나는 이 두 단어로 그녀의 의도를 추리해 보았다.

'When' 은 '언제' 라는 의문사이고 'leave' 는 '떠나다' 라는 동사이다.

그녀의 말은 **"언제 떠날 것이냐?"**는 철도청 직원의 일반적인 물음 같았다. 조심스럽게 그녀에게 말했다.

"tomorrow"

그러자 고개를 끄덕이는 그녀.

'홋~ 역시 난 천재.'

이런 식으로 직원의 질문들을 완벽하게 헤쳐나가자, 어느덧 손에는 OMR 카드 같이 생긴 유로스타 티켓이 쥐어져 있었다.

내일 오후 1시 출발. 벨기에 (브뤼셀) 행

티켓을 보고 있자니 떠나기 전에 비행기 표를 받았을 때처럼 가슴이 뛰기 시작했다. 옆에서 묵묵히 보고 있던 유학생 형. 그가 씨익 웃으며 말했다.

"벨기에에서도 재미있게 다녀."

왠지 쓸쓸해 보이는 유학생 형의 미소.

'너무 내 생각만 했나?'

티켓을 주머니 속으로 넣었다.

"형, 고마워요. 대륙 가서도 메일로 자주 연락 할게요."

이렇게 말하자 그는 미소를 지으며 고개를 끄덕였다.

밖을 나서자 어느덧 런던의 하늘은 석양이 드리우고 있었다.

붉은 빛 하늘 아래에서 우린 그동안 정들었던 런던 시내를 다시 걷기로 했다.

한 걸음씩 걸을 때마다 기억은 추억으로 변한다.

뮤지컬을 보기 위해서 하루 종일 다녔건만 결국 못 보고 떠나게 되는 레스트 스퀘어. 하지만 아쉬움이 있어야 다시 찾고 싶은 법.

"그래, 넌 날 이 곳에 다시 오게 하기 위해서 그런 거지? 널 보기 위해 이 곳에 다시 올게"

반 고흐의 혼〈魂〉을 느끼고, 늙은 렘브란트의 목소리를 들은 내셔널 갤러리와 다이애나 비의 부탁을 받은 국립 초상화 박물관. 그리고 내셔널 갤러리 앞에 넓게 펼쳐져 있는 트라팔가 광장. 14파운드짜리 티켓과 고장 난 충전기 때문에 힘든 시간을 보내고 있던 나에게 바람까지 맞혀서 세상을 부정하게끔 만든 스무 살 여자.

"무슨 사연이 있었겠지. 그래도 고마웠어. 잊고 있었던 '오빠' 라는 단어를 기억하게 만들어줘서."

템즈 강변. 템즈강에는 첫 동행자와 함께 탔던 유람선이 런던탑을 향해서 이동하고 있었다. 유학생 형. 그도 나처럼 유람선을 쳐다보고 있다. 무슨 생각을 하고 있는 걸까? 내가 입을 열었다.

"런던탑에서 화보집 촬영하고 논 일. 진짜 잊지 못할 거예요. 그 날, 정말 너무 즐거웠어요."

유학생 형이 미소 지었다.

"나도 살면서 정말 흔치 않게 재미있는 날이었어."

우리는 유람선이 시야에서 사라질 때까지 그 곳에 서있었다.

템즈강을 붉게 물들였던 해는 서서히 저물었다. 땅거미가 내려 앉은 런던.

그러자 나를 감동시켰던 런던의 야경이 또 다시 모습을 드러냈다.

"형, 저 런던에 꼭 다시 올 거예요."

유학생 형이 웃었다.

"그래… 오면 진짜로 재워 줄게… 하하하"

나도 웃음이 나왔다.

"그건 당연한 거구요… 하하하~"

하. 하. 하. 우리의 웃음 소리는 한 동안 멈추질 않았다.

저녁 시간에 맞춰서 숙소에 들어가자 다른 여행객들도 들어와 있었다.

런던의 박물관과 미술관을 보고 들어온 언밸런스 남매와 호기심 보이.

언밸런스 남매는 돌아다니면서 찍은 사진을 보여 주었다.

"오늘 대영 박물관에 갔다가 네가 추천해 준 셜록홈즈 박물관도 갔었어."

같은 장소에서 V자 포즈를 취하고 있는 언밸런스 누나의 사진과 얼굴이 이상하

게 잘려져 있어서 확인 불가능한 언밸런스 동생의 사진 밖에 보이지 않았다. 그

리고 호기심 보이는 역시나 나를 보자마자 또 다시 질문 융단 폭격을 날렸다.

"형은 오늘 어디 갔어?"

"그리니치? 그리니치 좋아?"

"형! 내일 떠난다고 했지?"

"몇 시 기차인데?"

"벨기에 갔다가 어디 가려고?"

내일 그와 헤어지는 터라, 호기심 보이의 질문에 차근차근 대답해 주고 있는데

올드보이와 자칭 여행 천재들이 갑자기 우리의 대화에 껴들었다.

"내일 벨기에 간다고요? 저희도 내일 벨기에 가는데… 혹시 몇 시 기차에요?"

내가 말했다.

"오후 1시."

올드보이와 자칭 여행 천재 소녀들은 서로를 쳐다보더니 내게 말했다.

"저희도 오후 1시에 벨기에 가는데… 우와~ 신기하다. 그럼 우리 내일 같이 가요."

두려움에 사로잡히게 만들었던 올드보이와 나처럼 자신들을 여행 천재라고

생각하는 그녀들을 쳐다보았다.

'왠지 재미있을 것 같다.'

“그래. 같이 가자.”

여행객들은 밥을 다 먹고 나서도 서로 이야기를 주고 받느라 식탁을 떠나지 않았다.
이 때, 설거지를 마친 헤컴 형이 주방으로 들어오더니 여행객들에게 말했다.
“자아~ 내일 떠나는 사람들도 있는데 술 한 잔 해야지?”

여행객들은 그의 말을 기다리고 있었던 것 마냥 자리에서 일어났다.
그를 따라 숙소 근처의 **펍(Pub)**으로 이동한 사람들.

내게 너무나 잘 대해 준 유학생 형.
질문 융단 폭격으로 날 당황하게 만들었던 호기심 보이.
생김새와 성격이 너무도 다르지만 서로를 위한 마음은 같은 언밸런스 남매.
거친 사투리가 이젠 정겨워진 광주 시스터즈.
베컴 헤어스타일의 주인장인 헤컴 형.
물담배를 피는 모습이 인상적이었던 노랑 머리 누나.
그리고 낭만자객인 나.
소중한 만남이 있었기에 아쉬운 헤어짐도 있기 마련.
하지만 우리 중 어느 누구도 서로가 헤어진다고 생각하지 않았다.
“파리에서, 파리에서 보자. 파리에 가면 꼭 서로 연락해서 만나자.”
다들 고개를 끄덕였다. “만나자, 파리에서.” 헤컴 형이 잔을 높이 든다. 펍이 떠나갈 듯 소리친다.
“자~ 그럼 다시 만날 것을 기원하며… **건배!!!!**”
아일랜드 흑맥주인 **기네스**가 담긴 잔을 부딪혔다.
기네스를 한 모금 쭉 들이켰다.
기네스의 맛은 정말로…

썼다···

유럽 대륙으로 떠나다.

"잘~ 가."

"남은 여행 잘해."

"이메일로 꼭 연락해."

아침부터 숙소는 헤어짐의 인사를 나누느라 분주했다.

짧지만 아쉬운 헤어짐의 인사를 나눈 뒤 한 동안 침대 한 켠에 놓아두었던 배낭을 끌어와서 짐을 꾸렸다. 충전해 놓았던 배터리는 카메라에 집어 넣고, CD 플레이어에 있는 런던 뮤지컬 CD는 한국 힙합 CD로 바꾸고, 가이드 북의 벨기에 편은 뜯어서 힙색에 챙겨 넣었다. 이 때, 방문 열리는 소리가 들렸다. 딸 깍! 문 쪽을 쳐다보니 유학생 형이 서 있었다. 그가 물었다.

"기차시간이 몇 시였지?"

"1시요."

그는 가까이 다가오더니 내 배낭 위에다 무언가를 떨어뜨렸다. 고개를 숙여 떨어진 물건들을 쳐다보았다. 그건 바로, 야구장에서 아주머니들이 파는, 팩에 담긴 소주였다. 그것도 2개. 유학생 형은 특유의 차분하고 조용한 목소리로 말했다.

"저번에 시내 나갔다가 한국 슈퍼 가서 샀어."

한국에서야 누군가에게 소주를 받으면 황당한 선물을 받았다고 하겠지만, 여행객들에게 소주는 고등학교 수학 여행 때 몰래 숨겨가던 소주 그 이상으로 값어치가 있는 것이었다.

"형~ 고마워요. 잘 마실게요."

방 안에는 이미 몸 안에 소주가 들어간 것처럼 따뜻한 온기가 채워지고 있었다.

이 때, 런던에 와서 4일 동안 술을 안 마신 날이 한 번도 없었던 올드보이가 방으로 들어왔다. 올드보이는 내 손에 든 소주 팩을 보더니 대머리 독수리처럼 달려들었다.

"우와~ 형! 소주도 있어요? 우와~ 나도 가지고 올 걸. 아~ 왜 그 생각을 못했지? 아~ 소주 마시고 싶다. 아~ 소주 소주"

그는 연신 소주를 외쳐댔다. 그리고 나는 그가 소주를 외쳐댈 때마다 소주 팩을 배낭 깊숙이, 꺼내기 힘든 곳에 집어 넣었다.

6일만에 20kg짜리 가방을 어깨에 메고 올드보이와 자칭 여행 천재 소녀들과 함께 숙소를 나와서 대륙으로 넘어가는 유로스타를 타기 위해 **워털루 역**으로 발걸음을 옮겼다.

떠나는 날의 런던은 이곳에 도착한 첫 날처럼 잿빛 하늘에 비가 보슬보슬 내리고 있었다.

'저러다 또 언제 그랬냐는 듯 햇살이 비추겠지?

첫 날에는 지하철을 어떻게 타야할지도 모를 정도로 모든 게 낯설었던 런던이었는데 이제는 이런 변덕스러운 날씨조차 익숙해져 버렸다.

「익숙해지면 떠나라.」

어느 여행가의 말처럼 익숙함에 길들여지기 전에 런던을 떠나기로 결정했다. 좋은 사람들과의 만남과 편안함 속에서 찾는 여유가 나를 런던에 더 오래 머물고 싶게 만들긴 했지만, 내겐 새로운 곳에 대한 열망이 더욱 컸기에 어깨에 배낭을 다시 멘 것이었다.

워털루 역

워털루 역에 도착한 시간은 오전 10시 50분.

열차 출발 시간은 오후 1시.

아직 두 시간 남짓 남은 시간.

일단 유로스타를 타기 위해서는 공항에서 하는 것처럼 티켓팅을 해야하기 때문에 워털루 역 내에 있는 유로스타 티켓 창구로 들어갔다.

서로 자신의 영어 실력을 숨기고 싶어 하던 우리 네 명은 누가 먼저 티켓팅을 할 것인지 눈치를 살피고 있었다. 결국 네 명 중에 가장 앞에 서 있다는 이유로 내가 처음으로 티켓팅을 하게 되었다. 직원에게 티켓과 신분증을 같이 들이 밀고 영어 듣기 평가 시험 보는 것 마냥 청각 신경을 곤두세웠다.

대화 없이 진행되는 일.

직원은 나에게 한 마디 말도 걸지 않고 일을 처리 하더니 티켓팅이 된 티켓을 돌려주었다. 그러자 이런 상황을 뒤에서 보고 있던 올드보이와 자칭 여행 천재 소녀들은 언제 쭈뼛거렸냐는 듯 자신감 있게 철도청 직원에게 표와 신분증을 보여주었다. 역시나 철도청 직원은 한마디도 하지 않고 일을 처리한 다음에 티켓팅이 된 티켓을 그들에게 돌려 주었다. 그러자 자칭 여행 천재 소녀들 중 푸우 인형을 닮은 아가씨가 생글생글 웃으면서 말했다.
"우리 너무 여행 잘 하는 거 아니야? 여행 다니면서 약간의 삽질도 필요한데 이렇게 실수가 없어서야 원…"
그녀의 말을 들은 자칭 여행 천재 소녀들 중 중국 인형을 닮은 아가씨가 턱을 치켜들며 그녀의 말에 대꾸했다.
"우린 여행 천재잖아. 훗."

티켓 창구에 가장 늦게 들어섰던 자칭 여행 천재 소녀들은 가장 먼저 티켓 창구를 나섰다. 이 때 중국 인형의 신음소리.

"아 얏~!"

중국 인형이 나가려다가 안으로 들어오려던 서양인 아줌마와 부딪힌 것 이었다.

"I'm sorry"

서양인 아줌마가 그녀에게 먼저 사과를 했다. 그러자 티켓팅을 순조롭게 마쳐서 자신감이 가득 차 있던 중국 인형은 혀를 굴리며 그녀에게 말했다.

"you are welcome"

어색한 침묵. 서양인 아줌마는 그녀의 대답이 이상하다는 듯 고개를 갸우뚱거렸다. 왜 그녀가 그러는지 모르는 중국 인형.

> ### 중 1 영어 교과서 Part 2. 과정
>
> 상대방이 'I'm sorry'라고 하면 'that's ok' 혹은 'that's alright'라고 답해야 한다. 그리고 중국인형이 말한 'you are welcome'이라는 문장은 상대방이 'thank you'라고 했을 때 사려 깊은 대답으로 'you are welcome (천만해요)'이라고 하는 것이었다.
>
> TIP 어디까지나 교과서의 내용이며, 실생활에서는 You are Welcome을 사용하기도 한다.

영어 수준이 중학교 2학년 Part 6. 수준에 머물러 있는 나도 이 보다는 수준이 높았기에 중국 인형에게 이 사실을 알려 주었다.

얼굴이 빨개지니 더욱 중국 인형 같은 그녀. 그녀가 어색하게 웃었다.

"아하하~ 농담 해 본 거예요."

그러나 우리 중에 어느 누구도 그녀의 말을 곧이 곧대로 받아 주는 사람은 없었다.

자칭 여행 천재 소녀들은 나와 올드보이에게 그들의 짐을 맡기고 워털루 역을 한 번 둘러보고 오겠다며 어디론가 사라졌고, 나와 올드보이는 워털루 역 내 슈퍼에서 산 오렌지 주스와 샌드위치를 땅 바닥에 주저 앉아 먹으며 열차 출발 시간을 기다리고 있었다. 샌드위치를 다 먹을 때쯤 워털루 역에서 방송이 흘러 나왔다.

"어쩌구 저쩌구 the EuroStar 어쩌구 저쩌구"

그러자 우리와 같이 탑승구 앞에서 출발 시간을 기다리고 있던 여행객들이 갑자기 분주해지더니 공항에서처럼 여권 검사와 물품 검사와 티켓 검사를 마치고 나서 플랫폼 안으로 들어가기 시작했다.

나와 올드보이는 동시에 탑승구 앞에 걸려있는 시계를 쳐다보았다.

12시 50분. 출발 시간 까지는 10분 밖에 남지 않은 시간.

하지만 워털루 역을 구경하고 오겠다던 자칭 여행 천재 소녀들은 아직도 오지 않고 있었다. 나와 올드보이는 그제서야 상황의 심각성을 느끼고 등을 맞대어 자신이 둘러 볼 수 있는 전방을 훑어보았다.

푸우 인형과 중국산 헝겊 인형을 닮은 그녀들.

쉽게 찾을 수 있는 인상 착의지만 불행히도 그녀들의 모습은 코빼기도 보이지 않았다.

시간은 열차출발 시간인 1시에 가까워지고 있었고, 거기에 맞춰 심장 박동수도 점차 빨라지고 있었다. 그리고 머릿속에는 SBS 〈그것이 알고 싶다〉의 사회자 멘트밖에 떠오르지 않았다.

"영국 런던에서 생긴 22세 한국인 실종사건. 워털루 역을 잠시 구경하고 오겠다며 어디론가 사라진 한국인 여대생 둘. 과연 그녀들은 어디로 사라졌을까요? 우리는 그것이 알고 싶습니다."

이제 5분 밖에 남지 않은 시간.

그 붐비던 탑승구 앞도 어느새 한산해졌다.

"형~ 우리 이러고만 있지 말고 찾으러 가요."

올드보이가 다급한 목소리로 말했다. 하지만 오버 로드 없는 곳에 다크템플러가 와도 침착함을 잃지 않는 나는 그를 제지할 수 밖에 없었다.

왜냐하면 우리가 찾으러 간 사이에 자칭 여행 천재 소녀들이 올 수 있었고 그러면 그녀들은 사라진 우릴 찾다가 넷 다 열차를 놓칠 수 있었고, 아니면 우리가 열차에 탄 줄 알고 그녀들만 유로스타에 탈 수 있었기 때문이었다.

이 곳에서 그녀들을 기다리는 것 말고는 딱히 좋은 수가 없었다.

그렇다고 방송을 해달라고도 할 수 없는 상황.

방송을 하려면 나와 올드보이가 그녀들의 실종 상황을 철도청 직원에게 자세하게 설명해야 된다. 그러나 영어가 능숙하지 않은 나와 올드보이는 안내원에게 손짓발짓을 해가며 노래 제목이나 얘기했을 것이 뻔했다.

"UM… She's gone…"

그리고 이 말도 안 되는 영어를 하는 순간 벨기에 행 1시 열차는 플랫폼에서 떠나 있을 것이다.

그녀들을 찾으러 갈 수도 없고 그렇다고 마냥 기다리고만 있을 수도 없는 상황.

사 · 면 · 초 · 가

나와 올드보이는 티켓팅하는 곳 앞에서 항우의 심정으로 시간이 흐르는 것만을 지켜 보고 있을 뿐이었다.

시계 바늘은 12시 58분에서 59분으로 넘어가고 있었다.

이제 탑승구 앞에는 우리 말고는 아무도 없었다.

'모'가 되든 '도'가 되든 결정을 내려야 했다.

지금 이 상황에서 나와 올드보이가 취할 수 있는 상황은 딱 두 가지 뿐.

첫 번째

자칭 여행 천재 소녀들의 짐을 눈에 확 띄는 곳에 예술품 전시하듯이 잘 놓아두고 나와 올드보이는 유로스타를 타고, 초콜릿이 맛있는 나라 벨기에로 떠난다.

두 번째

그녀들이 올 때까지 기다린다. 그리고 그녀들이 오면 10만원 가량 하는 티켓을 찢어버리고, 다시 런던 시내에 있는 유로스타 티켓 매표소로 가서 똑같은 유로스타 티켓을 끊어 이곳에 다시 온다.

우리는 만장일치로 **첫 번째**로 결정지었다. 그리고 탑승구 안쪽으로 들어서려는데… 그 때, 어딘가에서 귀에 익숙한 음성이 들려왔다

" 오 빠 ~ "

소리가 나는 곳을 쳐다보자 그 곳에는 음식물이 잔뜩 들려있는 손을 힘차게 내저으면서 우리에게 달려오는 자칭 여행 천재 소녀들이 있었다.

방송이라면 이런 상황에서 오빠를 외치며 뛰어오는 그녀 들의 모습에 **슬로우 모션**을 걸어주면서 **감동적인 음악**을 깔아주었겠지만, 난 내 앞으로 뛰어오는 자칭 여행 천재 소녀들에게 바로 **헤드락**건은 다음에 연속 동작으로 **코브라 트위스트**를 시도하려 했다.

하지만 그녀들에게 다행인 것은 열차 출발 시간이 1분 밖에 남지 않은 것.

일단은 열차를 타야 했다.

우리는 플랫폼을 향해 미친듯이 뛰어 들어갔다.

아직 떠나지 않은 열차. 플랫폼 위에는 깃발을 든 철도청 직원이 보였다. 미친 듯이 플랫폼으로 뛰어 내려가서 각자의 좌석표를 철도청 직원에게 보여주었다. 올드보이와 자칭 여행 천재 소녀들은 플랫폼에 내려오자마자 바로 올라탈 수 있는 위치였다. 하지만 내 좌석은 재수없게도 현재 위치에서 200m 떨어져 있는 곳, 즉 플랫폼 **맨 끝**이었다.

시계 바늘은 이미 1시를 넘어섰다. 생각할 틈이 없었다. 무작정 뛰기 시작했다. 헉. 헉. 헉. 가쁜 숨을 몰아쉬며 미친듯이 뛰었고 등 뒤에서는 자칭 여행 천재 소녀들의 목소리가 들렸다.

"오빠~ 뛰어요. 더 빨리~"

그들에게는 20kg짜리 배낭과 힙 색, 그리고 카메라 가방을 주렁주렁 매달고 미친 듯이 뛰어가는 모습이 마치 영화 〈포레스트 검프〉의 한 장면처럼 감동적이었 겠지만, 내 머릿속에는 벨기에에 내리자마자 그녀들에게 쓰일 **이종격투기 기술**들 밖에 떠오르지 않았고 입에서는 같은 단어만 반복적으로 내뱉어지고 있었다.

〈포레스트 검프〉의 한 장면

"죽여 버릴거야.
죽여 버릴거야.
죽여 버릴거야. 헉헉"

그녀들의 응원과는 전혀 상관없이 나는 간신히 열차에 올라탔고, 열차에 올라
타자마자 열차는 출발신호와 함께 벨기에를 향해 달리었다.

벨기에로 떠나는 유로스타의 내부 모습

211

벨기에에 발을 내딛다.

"The train arrives 어쩌구 저쩌구…"

극심한 체력 소모 때문에 열차에 탄지 채 5분도 안 돼서 잠이 들어버렸던 나는
도착 5분 전에 나오는 방송을 듣고나서야 잠에서 깨어났다. 런던을 벗어나 벨기
에에 도착했다는 것을 알게 해 준것은 영어 안내 방송이 끝난 후 나온 불어 안내
방송 때문이었다.
"어쩌구 저쩌구… 메르시 보쿠"
한국사람들이 '멸치볶음' 이라고 알아듣는 '고맙습니다.' 라는 뜻의 '메르시 보쿠.
불어로 말하는 여자의 목소리는 역시 매력적이다.

우리가 도착한 지역은 벨기에의 수도인 브뤼셀.
자칭 여행 천재 소녀들과 올드보이는 이미 열차에서 먼저 내려서 기다리고 있
었다. 그들에게 다가가자 자칭 여행 천재 소녀들은 고개를 푹 숙이며 말했다.
"오빠~ 죄송해요. 시간 가는 줄 모르고."
내겐 특이한 증세가 있었다. 잠을 자고 일어나거나 음식을 먹고 나면, 슬픈 일
이나 화가 난 일을 잘 잊어 버리는 증세였다. 어렸을 때, 형이 부모님 안 계실
때 날 두들겨 패놓고 부모님 오시기 바로 전에 요구르트를 주는 것도 이런
이유 때문에서였다. 난 그녀들의 사과를 농담으로 받아줬다.
"유어 웰컴~"
이렇게 말하자, 그녀들이 고개를 들더니 미소지었다.
그리고 중국 인형은 앞장서서 걸어가는 내게 말했다.
"뭐에요~~~ 그건 웃기려고 그런 거 라니까요."

브뤼셀의 공기 냄새를 들이마셨다..

"후~ 우~~~~~~~~~~~~ 찌린내........."

역 주변에는 쓰레기더미들이 곳곳에 널려있었고 도착하기 전에 비가 왔는지 바닥은 축축히 젖어 있었다.

우리가 가기로 한 숙소는 가이드 북에 나와있는 유스호스텔.

가이드 북에 나와있는 브뤼셀 약도를 보고 찾아가야 했지만 약도는 알아보기가 굉장히 힘들었다.

"흠… 동쪽이 이쪽이고, 남쪽이 이쪽이니까… 오빠, 이쪽으로 가면 되요."

자칭 여행 천재 소녀들은 지도를 슬쩍 한 번 보더니 확신에 찬 말투로 얘기하며 앞장서서 걸어갔다.

그렇게 30분을 걸었나?

앞장 서서 걸어가던 자칭 여행 천재 소녀들이 걸음을 멈추더니 고개를 돌려 내게 말했다.

"오빠, 이 쪽이 동쪽이 아니었나 봐요."

그녀들의 입에서 이 말이 나오자마자, 팔을 뻗어서 그녀들의 목을 휘감았다.

그리고 프로레슬링 WWF에서 흔히 볼 수 있는 기술이자 영화 〈반칙왕〉에서도 소개 되었던 기술인 공포의 헤드락. 이 기술을 그녀들에게 직접 체험 할 수 있게 해주었다.

"아~~ 악~~~!!!"

외마디 비명만이 브뤼셀에 울려 퍼졌다.

우린 갔던 길을 30분간 걸어 돌아와서 다시 브뤼셀 역 앞으로 왔고 이번에는 내가 지도를 펼쳐 들어서 자칭 여행 천재 소녀들에게 진정한 여행 천재의 모습을 보여 주기로 했다.

출처—슬램덩크

그렇게 1시간을 걸었나?

눈 앞에는 출발지였던 **브뤼셀 역**이 있었다.

자칭 여행 천재 소녀들은 내게 공포의 헤드락으로 복수하려고 했지만 다행히도 내 키가 그녀들 보다 월등히 큰 덕분에 위기를 모면할 수 있었다.

결국 지나가는 외국인한테 숙소 이름을 보여 주며 길을 물어보았다.

친절하게 길을 알려주는 벨기에 인.

"저쪽으로 가서 오른쪽으로 가서… 쭉 가서… 왼쪽으로 가서 쭉 걸어요."

그들의 말 따라 저쪽으로 가서 오른쪽으로 가서 쭉 가서, 왼쪽으로 가서 쭉 걸었다. 그리고 30분 후, 누군가가 브뤼셀에 무협소설에서 나오는 오진법을 걸어 놓았는지 이젠 공포스럽기까지 한 **브뤼셀 역**이 또다시 나타났다.

털석. 브뤼셀 역 앞에 있는 돌 위에 주저 앉았다.

비둘기 한 마리가 날아와 무심한 얼굴로 나를 슬쩍 한 번 쳐다보더니 어둠이 내려앉은 브뤼셀 역 건너편으로 날아간다.

20kg이 넘는 가방을 메고 두 시간 동안 헤메어서 그런지 서로의 얼굴에는 지친 기색이 역력했다. 식사시간도 훌쩍 지난터라 배는 배고픔을 참지 못하고 꼬르록 소리를 내며 요동을 쳤다.

"저기… 역 안에서 그냥 잘까요?"

노숙을 하자는 올드보이의 말에 자칭여행천재 소녀들이 고개를 저었다.

"입 돌아가~"

"그럼 다른 나라로 뜰까?"

내 말에 자칭 여행천재 소녀들이 또 다시 고개를 젓는다.

"그래도 벨기에에 왔는데, 하루는 있어야 하지 않을 까요?"

침묵… 이젠 어느 누구도 의견을 내는 사람이 없었다. 그렇게 그냥 시간만 흐르고 있었다. 그런데 이 때! 우리 앞으로 검은 머리의 여자가 지나갔다.

내가 그녀에게 말을 걸었다.

“코리안???”

그러자 그녀는 걸음을 멈추고 나를 보더니 고개를 끄덕거렸다.

브뤼셀에서 이틀간 묵고 네덜란드로 가기 위해서 브뤼셀 역에 온 그녀.

숙소를 못찾고 헤메고 있다고 말하자, 그녀는 친절한 말투로 물었다.

“숙소가 어딘데요?”

숙소를 알려주자 그녀는 혼잣말처럼 말을 흘렸다.

“여기 내가 묵었던 숙소인데…”

낭만자객, 올드보이, 자칭 여행천재 소녀들. 이들은 마치 2002년 월드컵16강 이탈리아 전 연장전에서 안정환이 골을 넣었던 순간처럼 서로를 부둥켜 안았다.

함께 고생을 한 동료는 서로에 대한 친밀감이 더욱 두터워 지는 법.

약도를 자세하게 그려준 그녀 덕분에 벨기에에 도착한지 2시간 만에 숙소를 찾아갈 수 있었다. 숙소는 한 번 지나쳤던 거리에 있었는데, 간판이 눈에 잘 띄지 않은 곳에 있어서 그냥 지나쳤던 것이었다.

유스호스텔 안은 시트콤 〈남자 셋 여자 셋〉에 나오는 기숙사처럼 넓으면서도 깔끔했다. 한국에서 유스호스텔증을 만들지 않고 온 나는 올드보이와 자칭 여행 천재 소녀들보다 요금을 살짝 더 얹어주고 4인실 방을 얻어서 들어갔다.

방 안은 초록색과 갈색으로만 되어 있어서 그런지 차분한 느낌이 들었다.

일단 허기가 진 배를 달래는게 우선이었다. 짐을 풀자마자 대학교에서 사진을 전공으로 하는 자칭 여행 천재 소녀들은 자기 얼굴들 만한 카메라를 어깨에 메고 방을 나섰고 나 역시 카메라와 트라이포드(삼각대)를 챙겨서 방에서 나왔다.

이 골목 저 골목을 걷다 보니 넓은 광장으로 빠져 나왔다. 그러자 그 곳에는 프랑스의 문호 빅토르위고가 극찬했다는 **그랑쁠라스**가 있었다.

“와~ 아~ 예쁘다.”

그랑쁠라스 광장 중앙에 있는 브뤼셀 시청사 야경

그랑쁠라스 광장 중앙에는 세계에서 가장 아름다운 시청이라는 **브뤼셀 시청**이 있었다. 폭도 넓고, 높이도 어마어마하게 높은 브뤼셀 시청을 사진에 담기 위해서 그랑쁠라스 광장 중앙에다가 트라이포드를 가장 낮게 하여 땅에 세운후 카메라를 그 위에 올렸다. 바닥에 몸을 엎드렸다. 후우~ 사격할 때처럼 숨을 죽이고 셔터를 눌렀다.

찰칵~!!

반면, 내 옆에서 트라이 포드 없이 그랑쁠라스의 야경 사진을 찍고 있던 자칭 여행 천재 소녀들은 사진이 계속 흔들려서 나오는지 찍었다가 지우는 행위를 반복적으로 하고 있었다. 바닥에서 일어나서 흙이 묻은 팔꿈치를 털어내고 그녀들에게 얘기했다.

"트라이포드 쓸래?"

내 입에서 이 말이 나오길 기다렸다는 듯 트라이포드에 자신들의 카메라를 올려놓는 그녀들. 사진이 흔들림 없이 찍히자 그녀들은 들 뜬 표정으로 말을 주고받았다.

"우와~~이 사진 정말 잘 나왔다."

"응. 진짜 잘 나왔다. 역시 사진은 찍는 사람이 중요 하다니까"

"그러니깐… 호호호"

"역시 우린 … 처… 언… **턱!!!**"

'턱' 소리는 그녀들의 입에서 난 소리가 아니었다.

그건 바로, 푸우 인형의 카메라가 바닥에 떨어진 소리였다.

푸우 인형은 바닥에 내동댕이 쳐진 자신의 카메라를 보더니, 아무런 행동을 취하지 않은 채 같은 단어를 두 번씩 말하고 있을 뿐이었다.

브뤼셀의 식당가

"어머~ 어머~ 어떻해. 어떻해. 어떻하지? 어떻하지?"

 그러자 옆에 있던 중국 인형이 바닥에 떨어져 있는 카메라를 집어서 그녀에게 건네 주었다. 전원이 안 켜지는 카메라. 푸우 인형이 웃었다.

"하하하하~ 고장났네. 고장났네. 하하하하하"

웃고는 있지만 우는 것보다 더 슬퍼 보이는 표정. 어느 누구도 그녀를 위로할 수 없었다. 분위기가 자신 때문에 침울해지자 푸우 인형은 애써 미소를 지으며 말했다.

"밥 먹으러 가요. 먹으러 가요. 배고파 죽겠네요. 죽겠네요."

여전히 같은 단어를 두 번씩 말하는 걸로 봐서 그녀의 충격이 쉽게 가라 앉을 것 같진 않았다. 어쨌든 우린 힘 빠진 그녀의 걸음을 따라서 브뤼셀 식당가로 이동했다.

브뤼셀의 식당가는 한국의 먹거리 장터처럼 다양한 식당들이 다닥다닥 붙어 있었고 식당 앞에는 일명 삐끼들이 나와서 호객행위를 하고 있었다.

"곤니찌와~ 니화우~ 안녕하세요~"

우리가 지나가자 3개 국어를 내뱉는 삐끼.

그의 말에 걸음을 멈추자 삐끼는 미소를 지으며 다가왔다.

"곤니찌와~~"

우리가 어이없다는 듯이 웃자 그는 자신이 실수 했다는 걸 알았는지 다시 말했다.

"니하오~~~!!"

"……"

우린 그냥 가던 길을 다시 걸어갔다.

이 곳 식당의 대부분은 홍합 요리 식당이었는데 가격대가 만만치 않았다.

가격표를 확인한 우리는 무언의 합의하에 주요 식당가를 벗어나서 가격이 저렴한 피자 가게 에 들어갔고 피자 한 조각씩과 콜라 한 잔씩을 시켜서 겨우 허기를 달랬다.

브뤼셀의 밤

저녁을 먹고 나서는 우리는 달리 돌아다니지 않고 그냥 숙소로 돌아왔다.

자칭 여행 천재 소녀들은 한국에 있는 가족에게 전화를 해봐야겠다며 호스텔 안에 있는 전화 부스로 갔다. 유럽에 와서 가족들에게 한 번도 전화하지 않았던 나도 이 참에 가족에게 전화를 걸기로 생각하고 공항에서 산 전화카드를 꺼내어 전화 부스로 갔다. 수화기를 들고 공중 전화 카드에 써있는 대로 하자 신호음이 울렸다. 자대 배치 받고, 부모님께 처음으로 전화하는 이등병의 심정.

"여보세요."

아버지의 무뚝뚝한 목소리가 들렸다.

무뚝뚝한 목소리가 왜 이리 정겹게 느껴 지는지…

반가운 목소리로 말했다.

"아버지. 저에요."

그러나 수화기에서는 아버지의 목소리 대신 여자 안내원의 목소리가 들렸다

"지금 수신자께서 전화를 받으실 건지 선택하고 있습니다."

침묵이 흘렀다. 그리고 잠시 뒤, 여자 안내원의 다정다감한 목소리가 들려왔다.

"수신자께서 거부하셨습니다. 다음에 또 이용해 주십시오"

유럽에 가서 무슨 일 있으면 전화하지 말고 메일로 보내라던 아버지.

말보단 실천이 중요하다고 항상 말씀하시던 아버지.

그런 가르침을 자식에게 몸소 보여주신 아버지.

참으로 존경스럽사옵나이다.

이날 밤 브뤼셀의 하늘에는 이상하게도 별이 보이지 않았다.

동심을 찾다.

“뚜 뚜 뚜 뚜 뚜 뚜 뚜”

너무나도 행복한 표정으로 군대에서 날아온 영장을 건네주던 어머니.

슬램덩크 만화책 전편을 같이 사자며 돈 보태라고 2시간 동안 조르더니, 끝까지 돈을 안 낸다고 하니까 1시간 동안 두들겨 팼던 형.

그리고 여행가서 일주일 만에 처음으로 걸려온 막내 아들의 전화를 매정하게 거절해버린 아버지.

나는 한국에 가자마자 큰 병원가서 혈액형 정밀 검사를 받기로 다짐했다.

힘 빠진 손에 들려 있는 수화기를 제자리에 걸어 놓고, 힘 빠진 두 다리로 호스텔 중앙 계단을 올라갔다.

“형~~”

등 뒤에서 올드보이의 목소리가 들렸다. 뒤를 돌아보자 유럽에 와서 한 번도 입에서 술을 땐 적이 없는 올드보이가 1층 휴게실에서 맥주를 홀짝거리며 마시고 있었다.

“형~ 맥주 한 잔 안 할래?”

한국에서는 술을 즐겨 마시지 않는 나인데 오늘은 왠지 술을 마시고 싶었다.

딸깍!! 취익~ 올드보이는 하이네켄 캔 맥주를 따서 내게 건네 주며 말했다.

“형은 무슨 맥주 좋아해? 버드와이저? 그것도 좋긴 하지만 난 하이네켄을 제일 좋아하거든, 하이네켄은 진하면서도 달콤한 맛을 주는 것 같아.”

올드보이의 말을 듣고 하이네켄을 쭉 들이켰다. 맛은 맥콜에다가 알콜을 넣은 것 같았지만 올드보이의 흥을 깨뜨리고 싶지는 않았다.

“형은 이제 어느 나라로 갈거야?”

올드보이가 물었다.

사실 벨기에는 한국에 있을 때 그렇게 오고 싶어 했던 곳은 아니었다. 단지 런던에서 가깝다는 이유 때문에 벨기에에 온 것이지 이 곳에서 특별히 보고 싶은 장소는 딱히 없었다.

하지만 벨기에 옆에 있는 나라. 오렌지 군단으로 알려져 있는 나라.

히딩크의 고향이라서 한국인에게 각별한 나라.

네덜란드에는 꼭 한 번 가보고 싶었다.

특히 빈 센트 반 고흐 미술관이 네덜란드의 수도인 암스테르담에 있다는 걸 알고나서는 더욱더 마음이 끌렸다. 이런 생각을 올드보이에게 말하자 올드보이가 씨익 웃었다.

"형, 나도 암스테르담 가고 싶었어. 거기에 하이네켄 맥주공장이 있잖아. 거기 가면 하이네켄 맥주도 공짜로 준다고 하더라고… 형 나랑 같이 가자. 같이 갈거지?"

고개를 끄덕였다. 암스테르담으로 가는 목적은 서로 다르지만 우린 같은 계획이 생겼다.

내일 네덜란드 암스테르담으로 넘어가자.

우린 서로의 맥주 캔을 부딪혔다. 한 참을 그렇게 마시고 있는데 자칭 여행 천재 소녀들이 우리가 술을 마시고 있는 것을 어떻게 알았는지 한국에서 바리바리 싸가지고 온 참치캔과 고추장 심지어 양반김까지 들고 휴게실로 왔다. 그것들을 보니까 맥주 보다는 왠지 소주가 더 어울린다는 생각이 들어서 가방 깊숙한 곳에 있던, 런던에서 유학생 형이 내게 선물한 팩 소주 2개를 꺼내왔다. 그리고 마땅한 잔이 없어서 커피잔에 소주를 따라서 마셨다.

ㅋㅑ아~~~~~

외국에서는 구하기 힘든 소주와 안주로는 고추장 찍은 참치를 양반김에 싸서 먹다보니 영화〈동방 불패〉에 나오는 소오 강호가 된 듯 했다.

"창티엔 샤오, 펀펀스샹 차오"
(푸른 하늘을 보고 웃으며 어지러운 세상사 모두 잊는다.)

분위기가 어느정도 무르익자 자칭 여행 천재 소녀들이 내게 물었다.
"오빠랑 올드보이는 내일 아침에 네덜란드 가신다고요? 저희는 내일 아침에 뮌헨에 가려고 하는데…"
내가 고개를 갸우뚱거리며 말했다.
"뮌헨? 여기서 좀 멀잖아."
"뭐 중간에 로템부르크도 잠깐 들렸다가 가려고요. 그래서 며칠 후에 뮌헨에서 열리는 옥토버 페스티벌에 가려고요. 아는 언니가 그러는데 정말 재미있다고 하더라고요."
10월에 열리는 축제 중 가장 큰 규모의 맥주 축제인 옥토버 페스티벌을 즐기러 뮌헨에 간다는 자칭 여행 천재 소녀들의 말에 나와 올드보이의 암스테르담행 계획이 살짝 흔들렸지만 네덜란드를 둘러보고 가도 옥토버 페스티벌은 볼 수 있었다.
"우린 암스테르담 둘러보고 넘어 갈께. 너네 거기 얼마나 있을꺼야?"
"한 일주일 있을 거예요. 근데 저희도 어떻게 될 지는 잘 모르겠어요. 그래도 뮌헨 오시면 이메일로 연락 주세요"
고개를 끄덕였다. 그리고 우린 커피잔을 높이 들었다.
"그래. 그럼 그 때 다시 보는 걸로 하고, 각자의 즐거운 여행을 위해~ 건배!"
컵 안에 남아 있는 소주를 전부 입 안에 털어 넣었다.
그리고 다음날 아침, 아니……………………

오후.

‘똑 똑~ 철컥~~’

누군가 우리가 자고 있는 방으로 문을 따고 들어왔다.

고개를 들어서 문 쪽을 쳐다보니 호스텔 청소 담당 직원이 들어와 있었다.

나와 눈이 마주친 그녀. 그녀가 사무적인 말투로 말했다.

“Check Out~ Please”

이렇게 말하며 방에서 나가는 직원.

‘벌써 ‘체크 아웃’ 하라구?’

시계를 봤다. 2시가 넘은 시간.

이 날 아침에 나와 올드보이는 암스테르담으로, 자칭 여행 천재 소녀들은 뮌헨으로 가기로 하고 잠자리에 들었는데, 어느 누구도 제 시간에 일어나지 못한 것이었다.

“야, 일어나봐…”

내가 누운 채로 세 명에게 말했다.

그러자 푸우 인형의 목소리가 들렸다.

"일어났어요. 일어났어요. 오빠~ 오빠~ 저희 어떻게 하죠? 어떻게 하죠?"

같은 단어를 두 번씩 말하는 것으로 보아 당황하고 있는 것이 분명했다.

다들 잠에서 깼지만 방 안에는 침울한 적막만이 흐르고 있었다.

그 침울한 적막을 깬 건 나였다.

"우리 여기 하루 더 있을래?"

잠시 침묵….

그리고 이어지는 세 명의 대답.

(중국 인형) "저는 상관없어요."

(푸우 인형) "저도 상관없어요."

(올드 보이) "전 진짜 상관없어요."

이들의 릴레이 대답이 끝나자 내가 다시 입을 열었다.

"벨기에에서 다른 데 가볼 만 한데가 있어?"

그제서야 우리는 벨기에 가이드 북을 훑어 보았다.
그리고 잠시 뒤, 중국 인형이 마치 보물섬을 발견한 것 같은 목소리로 말했다.
"오빠, 우리 브뤼주가요. 아는 언니가 여기 정말 좋다고 했어요. 저 여기 너무 가보고 싶어요."
푸우 인형도 그녀의 말을 거들었다.
"맞아요. 저도 그 언니한테 들었어요. 들었어요."
그녀들은 브뤼주를 가지 않으면 아무데도 가지 않을 테세였다. 왜 진작 브뤼주를 일정에 집어넣지 않았을까라는 의문이 생길정도로… 나는 침대에서 내려와서 샤워실로 향했다. 그리고 침대에 누워있는 그들에게 말했다.
"뭐해?! 나갈 준비 안하고…"
그러자 다들 밝은 미소를 지으며 각자의 침대에서 내려 왔다.

브뤼셀 역 에서 유레일 패스를 우여곡절 끝에 개시 하고, 브뤼셀에서 한 시간 가량 걸리는 브뤼주에 도착했다.
가이드 북에 브뤼주는 동네가 작기 때문에 자전거를 빌려서 3~4시간 돌아보면 왠만한 곳은 다 둘러 볼 수 있다고 쓰여져 있었다.

브뤼주 역 내에 있는 자전거 대여소.
자전거를 타지 못하는 중국 인형만 빼고 각자 자전거
를 빌렸다.
"그럼 지금이…세 시니까 각자 보고 싶은 거 보고
여섯 시에 다시 이 곳에서 만나는 걸로 하자."
내 말에 다들 고개를 끄덕였다.
올드보이와 푸우 인형은 자전거 패달을 힘차게 밟고
어디론가 사라졌고, 나 역시 시내 방향을 향해 자전거
패달을 밟았다.
자전거를 못 타서 두 발로 걸어가는 중국 인형.
흠…
가던 길을 멈추었다. 그녀에게로 갔다.
그녀는 내가 그녀 앞에 선 이유를 모르는 것 같았다.
내가 고개짓으로 뒷자석을 가리키며 말했다.
"야! 타~"
그녀는 내 말에 놀란 표정을 짓다가 슬쩍 자전거 뒷자
리를 보았다.
"저 무거운데…"
"괜찮아 타!"
그러자 그녀는 쑥스러워 하면서도 뒷자리에 조심히
엉덩이를 올려 놓았다. 살짝 휘청거리는 자전거. 균형
을 겨우 잡고, 패달을 힘차게 밟았다.

푸른 하늘.
따뜻한 햇살.
귀 볼을 흔드는 바람.
뒤에서 들려오는 중국인형의 카메라 셔터소리.
페달을 힘차게 밟아
골목길을 이곳 저곳 누빈다.

자전거 여행

중국 인형이 정신 없이 셔터를 누르면서 말했다.

"오빠… 동화 속에 들어온 것 같아요
너무 예뻐요.
집도
마을도
거리도…"

아기자기하고 얼룩달룩한 집.
물 위를 가로잦는 배.
어디선가 들려오는 말 발굽 소리.
그녀의 말처럼 동화 속에 들어온 것 같다.

시내로 들어서자, 그녀가 말했다.

"오빠 다리 안 아파요?"

"어? 어… 괜찮아. 괜찮아."

내 등에 손을 대는 그녀, 조심스럽게 말을 꺼낸다.

"땀이 많이 나는데요?"

덥지 않은 날씨에 땀을 흘리고 있는 나.

이마에 있는 땀을 슬쩍 닦았다.

"어? 그러네…"

자전거에서 폴짝 뛰어내리는 그녀.

"저 그냥 걸어 다닐게요. 이따가 브뤼주 역에서 봐요"

그녀는 내가 대답도 하기도 전에 어디론가 뛰어갔다.

무슨 이유인지 모르겠지만 나는 그녀를 적극적으로 붙잡지 않았다.

이곳저곳을 둘러보면서 사진을 찍다가 공원을 발견한 나는 일행과 만나기로 약
속한 시간도 많이 남아 있기도 하고, 공원에 있는 걸 좋아하기도 해서 자전거를
세우고 공원 벤치에 앉았다. 절대로 중국인형을 뒤에 태우고 다녀서 다리가 아
파 쉬려고 앉은 건 아니었다. 절대로…

한낮의 하품

이 때 나를 부르는 목소리가 들렸다.

"형~~"

브뤼주 역에서 잠시 헤어졌던 올드보이의 목소리였다.

"형~ 뭐해요?"

그가 옆에 앉으면서 물었다. 내가 말했다.

"그냥 쉬고 있었어."

"많이 둘러 봤어요?"

고개를 저었다.

"아니, 그냥 뭐… 살짝 둘러 봤어.."

올드보이는 자신도 마찬가지라고 말하더니 다시 물었다.

"그럼 이제 어디 갈 생각이에요?"

"그냥 여기 있으려고. 이곳에서는 바쁘게 돌아다니는 것보다 그냥 좀 쉬고 싶네. 이곳이 너무 평안하고 조용해서 그런 건가?"

"저도 그런데… 저도 그냥 공원 같은데 들어가서 쉬려고 여기 왔거든요. 근데 형이 있어서… 하하하"

그의 말에 미소를 지었다.

우리는 공원 옆에 있는 과일 가게에서 청포도를 사서 공원 안으로 들어갔다.

그 곳에는 벨기에 초등학생들처럼 보이는 어린애들이 뛰어 놀고 있었다.

공 하나를 이리저리 차고. 미끄럼을 타면서 해맑은 표정으로 뛰어 노는 아이들을 보고 있으니, 어느 나라를 가도 아이들은 비슷하게 논다는 생각에 입가에 미소가 지어졌다.

환하게 웃는 아이들.
공 하나에도 즐거워하는 아이들.

서러소리에 해맑게 웃는 아이들
보여줘.
이 곳에는 아이들의 웃음소리가 곳곳에서 들려온다.
보여줘.
이 곳에서 난 동심을 찾는다.

TREIN FIETS

TREIN FIETS

“형~ 이제 가야 될 것 같은데요?”

따뜻한 햇살을 받으며 공원 벤치에서 잠들어있던 나를 올드보이가 깨웠다. 너무도 상쾌한 꿀 잠. 방금 전 까지 뛰어 놀던 아이들은 어느새 자취를 감추었다. 30분 밖에 남지 않은 약속 시간. 기지개를 펴고 다시 자전거 핸들을 잡았다.

자유로운 바람에 머리카락이 흩날린다.

시내 중심가로 들어갔다. 옆으로는 마차가 지나다니고, 또 우리처럼 자전거를 탄 사람들과 거리의 예술가들이 좁은 골목길 사이를 가득 메우자 마치 놀이공원의 테마파크에 들어온 것 같은 느낌이 든다.

이 때, 어디에선가 귀에 익숙한 멜로디가 들려온다.
영화 〈타이타닉〉의 주제곡인 ‘My heart will go on’ 의 멜로디였다.
평소 듣지 못했던 음색.
피리소리 보다는 굵고 단소 소리 보다는 가는 선율.
나와 올드보이는 동화 〈피리부는 사나이〉속의 쥐들처럼 그 소리를 따라 이동했다.
자전거가 멈춘 곳은 브뤼주 중앙 광장.
한 집시가 그 곳에서 팬플롯을 불고 있었다.

사랑은 한순간 우리에게 다가와
Love can touch us one time

평생 계속 될 수 있어요
And last for a lifetime

그리고 우리가 죽을 때까지 떠나지 않을 겁니다
And never let go till we've gone

내가 그대를 사랑 했을 때 사랑은 내가 간직하고
Love was when I loved you

있는 단 한번의 진정한 시간이었어요
One true time I hold to

살아있는 동안 우리는 늘 함께 있을 거에요
In my life we'll always go on

My Heart Will Go On 영화 'Titanic' ost 中에서

브뤼주의 하늘은 서서히 분홍빛에 물들어가고 있었고, 집시에게 10유로를 주고
산 팬플롯 CD를 들으며 브뤼주 역을 향해 페달을 밟았다.

먼저 와있던 중국 인형이 우리를 보고 손을 흔들고 있는 것이 보였다.

"걸어 다니는 거 안 힘들었어?"

내가 중국 인형에게 묻자, 중국 인형은 고개를 저었다.

"걸어 다니는 게 좋던데요? 사진도 많이 찍고…"

그녀가 밝게 미소 지었다.

그리고 이 때, 푸우 인형이 체격에 걸맞게 무서운 속도로 페달을 밟으며 우리에게
다가왔다. 푸우 인형은 자전거에서 내리자 마자 말했다.

"브뤼주 너무 좋아요. 너무 좋아요. 정말 여기 안 와봤으면 후회할 뻔했어요."

모두들 그녀의 말에 동의한 다는 듯 고개를 끄덕인다.

그리고 우리는 어둠이 서서히 내려 앉으려는 브뤼주를 등지고…

숙소가 있는

브뤼셀로

가는 열차에 올라탔다.

헤어짐 그리고 새로운 여행

예상 기상 시간은 오전10시.

배게 밑에 두었던 시계를 꺼내서 확인한 시간은 오전 10시 32분.

브뤼주에서 돌아와서 맥주 한 잔 마시고 새벽 3시까지 수다를 떨다가 잠이 들었던 우리는 또 다시 늦잠을 쳐 자고 있었다.

우리 4명… 정말 환상의 멤버다.

2층 침대 위에서 자고 있던 올드보이의 목소리가 들렸다.

"형~ 하루 더 있을까요?"

잠시 정적…

만약에 여기 하루 더 있으면 왠지 브뤼셀에서 두달 동안 있다가 한국에 갈 것 같다는 생각이 들었다. 세명에게 이런 생각을 말하자 올드보이와 자칭 여행 천재 소녀들은 씻지도 않고 다급하게 방을 나섰다.

암스테르담으로 떠나는 나와 올드보이보다는 로템부르크로 떠나는 자칭 여행 천재 소녀들의 열차가 더 빨리 떠나기에 그녀들의 플랫폼 번호를 먼저 확인했다.

5분 후에 떠나는 로템부르크 행 열차.

이 사실을 확인하자 마자 우린 뛰었다.

"왜 우린 항상 뛰냐?"

내가 뛰면서 셋에게 물었지만, 어느 누구도 명확하게 대답하는 사람이 없었다.

주렁주렁 매달린 배낭을 들쳐 메고 뛰는 나와 올드보이.

트렁크 바퀴소리를 요란하게 내며 뛰는 자칭 여행 천재 소녀들.

귓가에서는 영화 〈친구〉에서 유오성, 장동건 등이 극장을 향해 뛰어갈 때 배경
음악으로 깔렸던 'Bad case of Loving You' 가 들려오는 것 같았다.

미친 듯이 뛴 덕분에 다행히 늦지 않게 플랫폼 앞에 도착한 우리들은 플랫폼 앞
에 길게 늘어선 계단 앞에서 호흡을 가다듬었다.

같이 지낸 건 이틀뿐이었지만 어느새 정〈情〉이 들어버린 그녀들.

그러나 시간이 얼마 남지 않았기에, 그녀들을 빨리 보내주어야 했다.
헤어짐의 말을 고르고 있는데 자칭 여행 천재 소녀들은 각자의 가방에서 무언
가를 꺼내더니 나와 올드보이에게 그것들은 건네 주었다.
"오빠~ 이거…"
"올드보이~ 이거"
그 것은 브뤼주 사진이 담긴 엽서. 그녀들이 씨익 웃으며 말했다.
"저희 가면 읽어봐요. 오빠~ 고마웠어요. 여행 잘하세요.."
"올드보이… 꼭 다시 만나자. 갈께."
이렇게 말하고 그녀들은 등을 보이며 계단을 뛰어올라갔다.
'텅~! 텅~!!'
그녀들의 트렁크 바퀴가 계단에 부딪혀서 요란한 소리가 났다.
나와 올드보이는 정신 없이 올라가는 그녀들을 바라보면서 미소 지었다.

올드보이도 나와 같은 생각을 하고 있는 것 같았다.

그녀들의 모습이 사라지고 나서야 우리는 암스테르담 행 기차를 타기 위해 정해진 플랫폼으로 발걸음을 옮겼다.

암스테르담 행 기차

여러 가지 언어로 안내방송이 나오더니 기차는 출발했고 우리는 짐을 선반 위에 올려 놓고 자칭 여행 천재 소녀들이 준 엽서를 읽어보았다.

간단히 요약하자면 너무나 좋은 만남이었고, 헤어지게 되서 아쉽고, 남은 여행 잘하라는 단순한 내용이었지만 내게는 그 어떤 좋은 책의 훌륭한 구절보다 더 나를 기분 좋게 만들었다.

힘들고 어려운 일이 있어도 항상 웃음을 잃지 않고 여행을 즐기는
자칭 여행 천재 소녀들.

어수룩한 행동으로 인해 그녀들의 주변에는 늘 뜻하지 않은 사고가 발생하지만 계획대로만 여행을 해서 사건 사고없이 고국으로 돌아가는 여행객들보다 자유롭게 자신의 의지대로 여유를 찾으며 여행을 즐기는 그녀들이야 말로 진정한 여행 천재였다.

창밖을 내다 보니 열차는 암스테르담을 향해 빠르게 이동하고 있었다.

제 2권은 암스테르담, 뮌헨, 프라하 편으로 이어집니다.

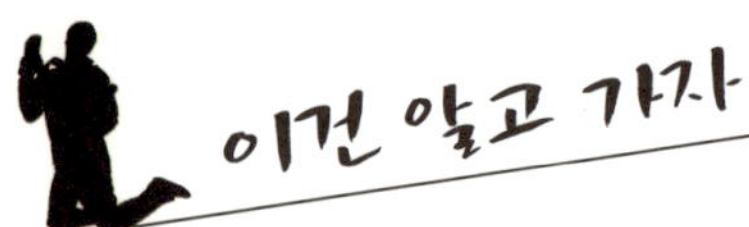

런던 지하철 | 역사가 100년이 훌쩍 넘은 세계최초의 지하철. 1863년에 개통되어 13개의 노선 270개의 런던 구석구석을 연결되어 있다. 런던시를 6개의 구역(Zone)으로 나누어 05 : 30분부터 운행 된다. 좁은게 흠이긴 하지만 나름 그만의 정취가 있고, 시청에서 허가 받은 거리의 음악가들의 수준 높은 연주도 볼 수 있다. 사랑스런 매력을 뽐내는 기네스펠트로가 출연한 〈슬라이딩 도어즈〉라는 영화를 보면 이 런던의 지하철이 주인공의 운명을 가르는 역할을 한다.

하이드 파크 | 런던에서 가장 크고 유명한 도심 공원으로 여의도 공원의 10배가 넘는 면적을 자랑한다. 아름다운 연못과 주위의 수목이 조화를 이루어 마음이 편안해지는 런던의 대표적인 공원이다. 나무 그늘 밑에서 낮잠 한번 자보는 것도 좋은 추억으로 남는다.

버킹엄 궁전 | 1703년에 지어진 버킹엄 궁전은 여왕이 살아서 유명한 곳인데, 관광객들에게는 근위병 교대식이라는 볼거리도 선사해준다. 금색 테두리가 둘러져 있는 창살과 사자 문양이 영국 황실을 상징한다. 하지만 아이러니하게도 영국의 한 여행 잡지에서 설문조사 한 결과 런던에서 가장 흉물스러운 건축물 중에 하나로 꼽혔다고 한다. 찰스 황태자의 결혼과 다이애나 왕세자비의 죽음 등의 좋지 않은 인식 때문에 그렇다고.

웨스트 민스터 사원 | 영국의 유명한 사람들의 무덤들은 거의 이곳에 안착되어있다. 왕실의 결혼식과 대관식, 장례식도 이곳에서 행해지는데 1997년에는 다이애나 황태자비의 장례식이 치러진 곳으로 유명하다. 참고로 소설 〈다빈치 코드〉에서 중요한 힌트로 등장하는 아이작 뉴턴 경의 무덤도 이 곳에 있으니 한번쯤 그의 무덤을 찾아보는 것도 쏠쏠한 재미를 안겨 줄 것이다. (물론 영화에서는 이 곳이 아닌 영국에서 세 번 째로 큰 링컨 성당을 웨스트민스터 사원처럼 개조해서 촬영을 했지만…)

국회의사당 | 1867년에 지어진 런던의 대표적인 고딕양식 건축물로 영국의 상원과 하원이 열리는 곳이다. 런던의 국회의사당은 복도가 많기로 유명한 곳인데 그 길이가 32 km 나 된다. 그리고 이 곳 로비에서 의원들이 접견을 하는데 로비스트 'lobist' 의 어원이 여기서 유래 되었다고 한다. 그리고 국회의사당의 상징 시계탑인 빅밴(Bigben)은 런던을 배경으로 하는 영화라면 빠짐없이 등장하는 곳이기도 하다. 참고로 국회의사당과 빅밴은 낮에 보는 것보다 밤에 보는 것이 더 멋지니, 해가 지면 카메라와 트라이포드를 챙겨서 이 곳을 찾길 바란다.

런던아이 | 파리에 에펠탑이 있고, 한국에 남산타워가 있다면 런던에는 런던아이가 있다. 말 그대로 런던의 눈인 런던아이는 세계에서 가장 큰 수레바퀴 형태의 비행관람차다. 템즈 강변에 자리하고 있으며 영화 〈이프 온리〉에서 남녀 배우의 데이트 장소로 나오는 곳이기도 하다. 이 곳에서 런던을 내려다 보는 것도 좋은 추억이 될 것이다. 참고로 난 타보지 않았는데 그 이유는 가격이 한국 돈으로 2만원이 넘기 때문이였다.

트라팔가 광장 | 런던시내 중심에 자리잡고 있는 트라팔가 광장은 트라팔가 해전에서 나폴레옹이 이끄는 프랑스 함대를 격파한 영국의 영웅 넬슨 제독의 죽음을 기리기 위해 지어진 곳이다. 이 곳은 런던시민들에게 가장 사랑 받는 장소 중의 하나로 만남의 장소로 애용된다. 정면에는 실물 크기의 3배인 넬슨동상과 그 주변으로 거대한 사자상과 분수가 자리잡고 있다. 거대한 사자의 입에 머리를 집어넣고 사진을 찍어보는 것도 나름 재미있다. 또한 이 곳은 명성만큼이나 영화에도 자주 등장하는데 영화 〈사인〉에서는 데이빗이 밤새 술을 마시고 사자상 옆에서 노숙하는 장면에 등장하다 영화 〈코어〉에서는 이 곳에서 서식하는 비둘기 떼들이 땅으로 곤두박칠치는 장면이 나온다.

내셔널 갤러리 | 영국의 대표적인 미술관인 유럽 3대 미술관 중 하나인 내셔널 갤러리는 반 고흐의 〈해바라기〉, 램브란트 자화상, 세잔의 〈목욕하는 여인들〉, 반 다이크의 〈아르놀피니 부부의 결혼〉, 보티첼리의 〈비너스와 마르스〉 등 각 사조의 명작들이 시대별, 지역별로 전시되어 있어서 미술에 관심 있는 사람이라면 놓쳐서는 안 되는 곳이다. 게다가 입장료는 무료라니 이보다 반가운 일이 또 어디 있겠는가.

타워브릿지 | 런던 하면 떠오르는 것 중의 하나가 바로 이 타워 브릿지이다. 낮에는 사실 볼품없어 보이기도 하지만 밤이 되면 그 명성이 왜 생긴 건지 이해할 수 있다. 영화 〈미션 임파서블〉에서 프라하에서 동료들을 잃고 스파이의 누명을 쓰게 된 톰 크루즈가 정보 교환장소로 택한 곳이기도 하다.

램브란트 | 레오나르도 다빈치와 함께 17세기 유럽 회화 사상 최고의 화가이며 바로크 시대를 대표한다. 현존하는 램브란트의 작품은 유화, 에칭, 소묘, 종교화, 신화화, 초상화, 풍경화, 풍속화, 정물화 등 모든 종류에 걸쳐있고, 현존하는 작품은 유화 600점, 에칭 300점, 소묘 천 수백 점 등이 있다. 그리고 램브란트만큼 자화상(약 100점)을 많이 그린 사람도 없을 것이다.

국립 초상화 박물관 | 영국의 유명인사들의 초상화가 전시되어 있는 곳이다. 3층으로 되어있는데 층마다 연대별로 각 시대에 대표급 인사들의 초상화와 사진들이 전시 되어있다. 영화감독 알프레드 히치콕, 축구선수 베컴, 물리학자 스티븐 호킹, 세계적인 문호 세익스피어와 오스카 와일드, 버지니아 울프 등 이름만 들어도 알만한 사람들의 초상화와 사진이 전시되어 있어서 흥미로운 곳 중의 하나이다. 역시 입장료가 무료라는 점도 발걸음을 이끄는 요소 중의 하나이다.

대영박물관 | 한 작품을 3초씩만 봐도 하루 동안에 다 못 볼 정도로 엄청난 양의 전시품들이 있는 이 곳은 연간 600만 명이 방문하는 세계 최초의 국립 박물관이다. 찬란한 꽃을 피웠던 전성기 때의 그리스 문화와 고대 이집트 문화를 한꺼번에 볼 수 있는 유일한 곳이기도 하다. 1층 도서관에는 존 레논의 필체 악보 '예스터데이'와 세익스피어가 직접 쓴 원고, 바흐, 베토벤의 악보 초본 등 귀중한 원본들이 전시 되어 있다. 이집트 관에는 그 유명한 람세스 2세 상과 상형문자의 비밀을 해독 가능하게 만든 로제타 석을 볼 수 있고, 그리스 관에는 파르테논 신전 내부 대리석 조각들이 전시되어 있다.

런던 탑 | 탑이라고 불리우지만 사실은 중세시대에 지어진 성이다. 이 곳은 겉보기와는 다르게 거의 투옥이나, 고문, 처형 장소로 사용되었는데, 그 중에서도 히틀러의 절친한 친구 루돌프 헤스가 투옥되고 헨리 8세가 자신의 두 부인을 처형한 곳으로 유명하다. 또 세계에서 가장 큰 다이아몬드와 273개의 진주가 박힌 왕관도 볼거리 중에 하나이다. 다만 비싼 입장료가 부담을 주는 건 사실.(15파운드)

레스트 스퀘어 | 영화관과 극장을 비롯해 뮤지컬 전용관이 집중적으로 모여있는 이 곳은 런던의 문화를 몸으로 느끼고 싶다면 반드시 가봐야 할 명소. 할

리우드의 유명배우들도 시사회 참석차 이 곳을 찾는 경우가 많은데 2년 전에 〈우주전쟁〉을 홍보하러 이 곳에 들른 톰 크루즈는 영국의 민영 TV채널이 고용한 프리랜서 배우가 던진 물 폭탄을 맞기도 했다.

런던지하철 표

Oneday Travel Card 〈1~2 존 (4.9 파운드) 1~6 존 (6.3 파운드)〉_ 구입한 당일에 한하여 마음대로 지하철이나 버스 등을 탈 수 있다. 런던에 오랫동안 있지 않고 잠시 머무는 사람들에게 유용하다.
이 카드는 09 : 30 분 이후에 사용할 수 있고 09 : 30 분 이전부터, 즉 새벽부터 돌아다니려는 사람들은 1파운드 가량 더 비싼 Oneday LT Card 를 구입하면 된다.

3Day Travel Card 〈1~2존 (5.4 파운드) 1~6존 (18.3 파운드)〉_ 1달짜리 배낭여행객들 대부분이 런던에 3박 4일 정도 머무는 이들이 많아서 이 패스를 구입하는 경우가 많다. 이 카드는 시간에 관계없이 사용할 수 있다

7 Days_ 런던에 오래 머무는 여행객들이 구입하는 카드. 09 : 30분 이후에 사용할 수 있고, 증명사진이 필요하다.

유로스타 타는 법 | 영국의 런던과 프랑스 파리, 벨기에의 브뤼셀, 네덜란드의 암스테르담을 잇는 국제 열차.
티켓은 한국에서도 끊을 수 있지만 런던 시내 곳 곳에 있는 STA여행사에 가면 저렴한 가격에 끊을 수 있다. 국제 학생증(ISIC)이나 유레일패스를 소지하면 가격을 할인 받을 수 있다. 출발지는 Waterloo 역이고, 그 곳에 있는 유로스타 티켓 창구에서 티켓팅을 해야 하기 때문에 미리 가도록 하자.

현지에서 유레일패스 개시하기 | 연속 패스 소지자라면 현지에서 유레일 패스를 개시해야 한다. 개시하지 않은 유레일패스를 타고 열차에 타면 불법무임승차로 벌금 엄청 맞는다. 유레일 패스 개시 방법은 창구에 가서 여권과 함께 유레일 패스를 제시한 뒤에 "Open please"라고 간단하게 말하면 된다. 그럼 알아서 다 해준다. 확인할 것은 직원이 개시해 주는 날짜와 당일의 날짜, 그리고 마지막 날짜만 맞는지 만 확인하면 된다.

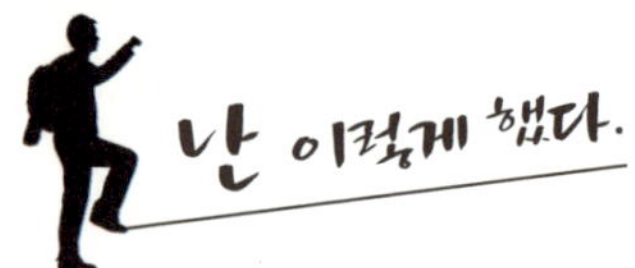

여권 | 군대에서 다소 살이 쪘을 무렵 찍었던 사진을 붙였던 터라 항상 여권검사대 앞에서면 볼에 힘을 주어야만 했다. 여권 사진은 가장 최근에 찍은 사진을 붙든지 아니면 급작스럽게 살을 빼거나 살을 찌우지 말길 바란다. 그리고 염색한 사진은 가급적 붙이지 말길. 항상 몸 검색을 항상 당하기 때문. 그리고분실이나 도난에 대비하여 복사본을 준비하길 바란다. 여행 도중에 여권을 도난 당한 여행객을 만난 적이 있었는데 얼굴표정이 항상 벌레 씹은 표정이었다. 설상 이 말을 무시하고 도난을 당했다면 현지 경찰서에 가서 '도난신고 증명서' 를 받은 다음 영사관이나 대사관에 가면 '여행자 증명서' 를 받을 수 있다.
반항심에 이 말 끼지 무시한다면… 현지에서 불법체류자로 살아가게 될 것이다.

항공권 | 내 항공권은 인터넷에서 싸게 구입한 할인 항공권이었다. 비행기 표를 제값 주고 사는 것만큼 어리석은 일도 없다고 하니, 인터넷을 샅샅이 뒤져서 적당한 가격의 비행기 표를 구입하길 바란다.

유레일패스 | 유럽 17개국 국철을 마음껏 이용할 수 있는 패스. 대부분이 서유럽 철도이니 동유럽을 갈 사람들은 동유럽패스를 구입하길 바란다. 간혹 영국만 머무는데도 유레일패스를 사려고 하는 친구들이 있다. 영국은 유레일패스 해당지역이 아니니 그런 뻘 짓은 안 하길 간곡히 부탁한다.
내가 구입한 것은 2개월 용 2등석 연속 패스였다. 자유롭게 돌아다닐 여행객들에겐 가장 적합하다. 내가 산 2등석 연속 패스는 만 26세 미만 만이 살 수 있으며, 일반 가격보다 25%정도 할인 된 가격에 구입할 수 있다. 만 26세 넘으면 1등석을, 할인되지 않은 가격에 구입해야 한다. 다녀 보면 알겠지만 유럽은 학생에게 할인을 많이 해준다. 그러니 유럽을 간다면 학생일 때 가는 것이 돈을 아낄 수 있는 최고의 수단이다.

돈 | 사실 나도 여행을 떠나기 전에 가장 불안해했던 것이 돈이었다. 소매치기가 많다는 유럽에서 어떻게 돈을 지니고 다녀야 안전한 지 고민했었다. 참고로 나는 2개월 유럽여행 비용으로 항공권(약 80만원), 유레일패스(약 100만원)를 합쳐서 500만원의 예산을 두고 떠났었다. (한국에서 삽질을 잘하는 사람이라면 삽질비용을 예산에 첨가하기 바란다.)
가이드북에서는 도난의 가능성 때문에 여행자 수표를 만들라고 추천하는데 매번 환전해야 한다는 불편함 때문에 난 여행자 수표를 만들어 가지 않았다. 100만원 한도의 신용카드와 현금인출만 되는 현금카드를 만들었고, 현금카드에 150만원 넣고 50만원은 유로와 파운드로 바꾸어서 들고 갔다.

국제학생증과 유스호스텔증 | 학생이면 미리 준비하도록. 돈을 엄청나게 아낄 수 있다. 박물관이나 미술관, 심지어 열차표를 구입할 때 국제학생증을 항상 내밀어봐라. 웬만해서는 그들이 먼저 학생증을 내밀라는 말은 하지 않고 제 값을 받는 경우가 많다.

이런 중요물품의 도난을 대비해서 여행자 보험을 들고 가는 것도 나쁘지 않은 생각이다.

안 · 전 · 용 · 품

의류 | 내가 여행한 시기가 가을, 겨울이었기 때문에 짐 중 가장 부피를 많이 차지했다. 사실 초보 여행자들이 옷을 많이 가지고 간다고 하는데, 맞는 말 같다. 현지에서도 값싸게 옷을 구입할 수 있으니 옷은 최소한만 가지고 가는 것이 현명하다. 하지만 남는 건 사진뿐며, 사진 속의 자신의 모습을 예쁘게 남기기 위해 옷을 바리바리 싸 들고 가는 여자 여행객들도 있는데 말리진 않겠다. 보는 사람은 좋으니깐… 그리고 의상을 선택할 때는 소매치기의 접근을 막기 위해서 강인함을 줄 수 있는 의상을 선택해라. 의상이 사람심리에 영향을 끼친다는 것은 이미 기정사실화 돼있다. 드레스나 핑크색 키티 그림이 새겨진 의상은 과감히 포기해라. 사실 군복이 가장 좋다. 나 같은 경우에는 S.W.A.T 특공대 가방과 가죽재킷을 선택했다.

액세서리 | 모자 난 모자를 많이 들고 간 편이다. 캡 모자 3개와 그 곳에서 구입한 비니까지… 머리감는 것이 귀찮거나 머리 만지기 귀찮은 사람들에겐 품위 유지용으로 유용하다.
선글라스 낮에는 눈을 보호하면서 스타일도 살릴 수 있다.
우비 비 올 때를 대비해서 구입했지만 이상하게도 우비를 착용하지 않을 때만 비가 왔다.
운동화 운동화는 평소에 신고 다녔던 신발을 가져가는 것이 가장 현명하다. 여름 여행객들 중에는 컨버스를 신고 가는 사람들이 있는데, 오래 신고 다니면 발에 무리가 오기 때문에 스포츠화를 신고 가는 게 좋다.
샌들 가까운 곳에 돌아다닐 땐 유용하게 쓰인다.

세면도구 | 튜브형 비누, 칫솔, 치약, 일회용 샴푸와 린스 등을 세면도구 팩에 담아서 가지고 갔다.

비상약품 | 약은 정로환 말고는 가지고 가지 않았지만 잔병이 많은 사람들은 감기약, 두통약 등도 챙겨 가길 바란다.

낭만자객의 유럽 100배 질리기

초판 1쇄 발행 2007년 2월 10일

글 · 사진_ 김용훈
발행인_ 이미례
기획_ 박진희
디자인_ 최지희
제작_ 이현직
펴낸 곳_ (주)학은미디어
주소_ 서울시 영등포구 문래동 3가 82-29 우리벤처타운 903호
전화_ 02-2632-0135~7

등록_ 1996년 2월 14일 제13-673호

값 9,000원

ISBN 89-8140-961-7 03810